（元）極道のエリートドクターは、身を引いたママと息子を一途愛で攻め落とす

m a r m a l a d e b u n k o

マーマレード文庫

目次

（元）極道のエリートドクターは、身を引いたママと息子を一途愛で攻め落とす

（元）極道のエリートドクターは、身を引いたママと息子を一途愛で攻め落とす

プロローグ～運命の人～

部屋のカーテンがゆらゆらと風で揺れている。少し開放した窓から、ほのかに舞い込む夜気《やき》が熱を帯びた肌を心地よく刺激する。

「朔《さく》、好きだ」

「私も恭一郎《きょういちろう》さんのことが好きです」

曇りのない真《ま》っ直《す》ぐなまなざしが降ってきて、私の唇を塞いだ。

初めて身を焦がすような恋をした。彼にならば、すべてを捧《ささ》げてもいいと思えた。

鍛え上げられたしなやかな身体《からだ》が私を温かく包み込む。

「……んっ、あっ……」

身体に送り込まれる快楽に思わず甘い吐息が漏れた。

「ずっと俺のそばにいろ」

互いの足りないものを補うように何度も何度も身体を重ね合う。白いシーツの海に沈み欲情に溺れるふたりを、雲間から時折顔を覗《のぞ》かせる美しい月だけが見ていた。

遠谷《とおや》恭一郎。

彼は絶望の中にいた私を救ってくれた人であり、私の光。

彼が与えてくれた希望があるから私は今も生きていける。

たとえもう二度と彼と会うことができないとしても、私は彼の幸せを遠くから祈っている。

どうかどうか、彼が今も笑顔で過ごせていますように。

片翼の天使

「朔ちゃん、新規で双葉《ふたば》幼稚園から注文が入ったから、ひだまり弁当を六個追加でお願いできる？」

「分かりました」

「あ、それから配達チームにも連絡を入れておいてくれるかい？」

「はい！　連絡しておきます」

店長の言葉に頷《うなず》きながら空のお弁当箱を調理台の上に並べ、慣れた手つきでおかずと白飯を盛り付けていく。

「朔ちゃんがうちの店に入ってくれて本当に助かったわ」

一緒に調理場で作業をしていた店長の奥さんがこちらに向かって微笑《ほほえ》む。

「いえいえ。とんでもないです。こちらこそ採用していただいて本当に感謝していますー」

私が住むアパートの近くにある『ひだまりキッチン』という手作り弁当のお店。ここが私の職場だ。私は調理から販売までを担当している。

地元野菜をふんだんに使った色鮮やかで栄養満点なお弁当は、とても評判がよく、お昼時になると近くのオフィス街に勤めるＯＬたちがこぞって買いにくる。配達件数も右肩上がりで、とても繁盛しているお弁当屋さんだ。

ここで働き始めて一年。ようやく生活が落ち着いてきた。

それ以前は東北《とうほく》地方の、とある温泉宿で住み込みの仲居として働いていた。

こぢんまりとした部屋数二十ほどのアットホームな宿で、年配のご夫婦が切り盛りしていた。おふたりとも気さくで優しく、仕事以外でもとてもよくしてくれた。

ずっとおふたりのもとで働きたいと思っていたのだが、建物の老朽化による補修費用のこと、そして、ご夫婦の年齢が六十代後半ということもあり体力面なども考えて宿を閉めることになり、私は転職することになった。

そのままその地で新しい仕事を探すか、それともこれを機に違う場所に移り住んで転職先を探すか、私の心は揺れに揺れた。そんななか、宿の女将《おかみ》さんにこれからのことを聞かれ、まだ迷っていると答えると思いもしない提案をされた。

女将さんの妹さんが東京《とうきょう》で旦那さんと営むお弁当屋さんで、正社員の募集をしているのでそこで働いてみないか、と言われたのだ。

それが今の職場であるひだまりキッチンだ。

女将の妹さんとは、何度か旅館で顔を合わせたことがあった。女将さん姉妹はとても仲がよく、妹さんが旦那さんと一緒にこの宿に泊まりに来たことがあったからだ。その際に出身地の話になり、私が以前、母と住んでいた場所が、おふたりが経営するお弁当屋さんの近くだということが判明し、互いに驚いたことを今でも覚えている。それを知っているので、女将さんはあの提案をしてくれたのだと思う。

正直、地元に戻ることにはすごく迷いがあった。もしかしたら彼と街のどこかで鉢合わせすることがあるかもしれない、そんな不安が頭を過ったりもした。でも、もうあれから年月がだいぶ経《た》っているし、私のことなんかとっくに忘れて新しい生活を始めている可能性が高いとも思った。

悩みに悩んだ結果、『私自身の今の状況をすべて理解してくれた上でのお誘い』ということで、私は女将さんの提案を受け入れ、生まれ育った東京の地に戻ってきたというわけだ。

ひだまりキッチンを経営している塩見《しおみ》ご夫妻は、いつもニコニコしていて優しい雰囲気が漂う方たちだ。もともと私自身、料理が好きだったし、このお店の従業員さんたちの雰囲気もよく、毎日楽しく働かせてもらっている。

「朔ちゃん、そろそろ上がっていいわよ」

「でも、まだ角煮の仕込みが……」

「ここまで準備してくれたからあとは大丈夫。急な残業、引き受けてくれてありがとうね。かわいい彼氏が待っているんだから、早く迎えに行ってあげて」

奥さんにそう言われて自然と頬《ほお》が緩む。

「ありがとうございます。じゃあお言葉に甘えて、上がらせていただきます」

「お疲れさま。また明日ね」

店を出て頭上を見上げると、空はオレンジ色に染まりつつあった。今日も静かに一日が終わろうとしている。

出勤前に夕食の支度をほぼ終わらせてきてよかった。今から帰って一から作っていたら、「お腹空《なかす》いた攻撃」が始まって大変だっただろうな。

そんなことを考えながらいつものように歩いてある場所へと向かう。

「星来《せら》くん、ママがお迎えに来たよ」

「ママ～!!」

私が向かった先は、息子が通う保育園。私の姿を見つけると、今年三歳になった息子の星来がさらさらな短髪を靡《なび》かせながら笑顔で駆け寄ってきた。

「おかえりなしゃい」

奥ぶたえの愛くるしい瞳が私を見上げる。子供らしいふっくらとした頬に浮かぶえくぼは、星来のチャームポイントだ。

「ただいま。いい子にしてた？」

「うん。してた。きょう、ボール、ポーンしたの。せら、いちばんなの」

星来は、まだあまり話をするのが得意ではない。それでも、一生懸命に身振り手振りで伝えようとする息子が、かわいくてたまらない。

完全なる親バカだ。頭を撫《な》でると、星来がうれしそうに笑う。

「今日、みんなでボール投げをしたんです。そしたら、星来くん一番遠くまで投げて、みんなから歓声が上がってましたよ」

保育士の先生の言葉に、星来の発言の意味を理解した。

「そうだったんですか」

「はい。将来は強肩な野球選手ですかね」

「せら、やきゅうせんしゅになる」

テレビでプロ野球の試合をたまたま観《み》てから、星来の将来の夢は野球選手になった。

保育園でも、そう公言しているらしい。

先生と星来の話を交わして保育園を出ると、思いのほか盛り上がったせいで、空はもう暗くなっていた。


「ママ、ごはん、なぁに?」

「きょうは星来が好きなハンバーグだよ」

「わぁーい! ハンバーグ!」

星来は私に似て食いしん坊だ。好き嫌いなんでも食べる。そのおかげか、身長は三歳児の平均より大きく、すでに百センチを超えている。

好奇心旺盛で人見知りもあまりせず、誰とでもすぐ仲よくなる。そして、とにかく身体を動かすことが好きで、一緒に公園に行くと私がぐったりすることもしばしばだ。

「せら、ばいきんばいばいする」

アパートに着くと、星来はスモックを脱ぎ保育園バッグをホックにかけて、洗面室に走っていった。

お家に帰ったらまず手洗いうがい。それから家着に着替えて、夕飯を食べる。

これが星来の帰宅後のルーティンで、それを欠かさない。几帳面《きちょうめん》なところはきっと、あの人に似たのだろう。

頭に浮かんだ顔に胸の奥が少し疼《うず》く。それをかき消すように、一度深呼吸をしてからキッチンに向かい、夕飯の支度を始めた。

私が夕飯の準備をしている間、星来は絵本に夢中だ。最近買ってあげた野菜の名前の本と、乗り物図鑑がお気に入りらしい。

「ママ、これパトカー。これ、きゅうきゅうしゃ」

「ちゃんと覚えていてすごい、すごい」

「せら、しゅごい！」

ニコリと笑う息子が愛《いと》おしい。素直で優しい息子は私の宝物だ。

「お待たせ。ご飯できたよ」

「ハンバーグ！　ハンバーグ！」

星来がパッと顔を明るくしながら、皿に並んだハンバーグを見つめる。

「いただきます」の挨拶をしてから、ふたり並んで夕飯を食べだした。年季の入った2Kの間取りのアパート。

二階の角部屋が私たちの暮らす場所。星来が生まれてからずっと、親子ふたりの生活が続いている。私はいわゆるシングルマザーってやつだ。

「ママ、ハンバーグ、おいしい」

「それはよかった。おかわりもあるからたくさん食べてね」

「わぁーい。せら、たくさんたべる！」

頬を緩ませながらフォークでハンバーグを口に運ぶ星来。こんな風に息子の笑顔を見ていると、仕事の疲れも一気に吹っ飛んでいくように思える。

私自身も片親のもとで育ち、父親の顔を知らない。母親もすでに他界しているので誰かに頼ることはできないが、慎ましやかな生活を送っていれば、星来とふたりの生活でも特に困ることはない。

と言いたいところだが、それは私の願望にすぎないのかもしれない。本当は星来に時々寂しい思いをさせている自覚がある。

保育園の行事に参加すると、他のクラスメイトが父親に肩車をされているのをじっと見て羨ましそうにしていたり、私の学生時代の友人の家に遊びに行くと、彼女の旦那さんに肩車をしてほしいと甘えることもある。父親がいない、その寂しさを埋めてあげられないことがもどかしく感じるときがあるのが現実だ。

ご飯を食べ終え一緒にお風呂に入り、狭いシングル布団の上で絵本を読み聞かせていると、いつの間にか星来が眠りにつき、すうすう、という寝息が聞こえてきた。無防備なその寝顔には、まだ赤ん坊だったときのあどけなさが見え隠れする。

星来にはこの先、たくさんの経験をさせたいと思うし、のびのびと育ってほしいと心から願っている。

ありがたいことにお弁当屋さんを経営する塩見ご夫婦はとても理解のある方たちで、息子の行事にも行くことができ、今は母として最低限の役目は果たせていると思う。

けれど、完璧には振る舞えていないし、いつかは星来に父親のことをきちんと説明しなければいけないときが来るだろう。そのときに彼が、父親に会いたいと言ったら私はどうすべきなのだろうと考えながら、隣ですやすやと眠る星来を見つめる。

枕に広がるさらさらな柔らかい髪。切れ長な奥ぶたえの瞳。口角が上がった薄型の唇。それから閉じた瞳を彩る長い睫毛《まつげ》も。

ますますあの人に似てきた。

「恭一郎さん……」

かつて心から愛した男性の名をつぶやいた。

彼にはなにも伝えずに、星来を産んだ。それからシングルマザーとして、息子を育ててきた。

恭一郎さんはなにも知らない。

あんなにもお世話になっておきながら、私はなんの恩返しもせずに黙って彼のもとを去った。きっと、怒っているに違いない。

自分に子供がいると知ったら、彼はどんな感情を抱くだろうか。

くすみがかった曇天の日の街並みみたいに、もやもやとし始めた胸の内。それをかき消すように無意識に首を横に振りながら起き上がる。このままでは眠れそうにないので、なにか温かい飲み物を身体に入れようと、星来を起こさないように布団を出てそのままキッチンに向かった。


んっ……。

まぶたの裏に感じた光に導かれるように目を開けると、隣に寝ていたはずの息子の姿がなくて、ハッとして身体を起こした。

「星来?」

「ママ、おはよう」

隣の部屋からひょっこりと顔を出した星来が、私めがけて走ってきて抱きつく。

「星来は今日も早起きだね」

「ママは、おねぼうしゃんね」

星来がけらけらと笑いながら私の顔を覗く。

「ごめん、ごめん。今から朝ごはんの準備をするね。お腹空いたでしょ?」

「うん。ママ、だっこして~」

今日の星来は朝から甘えモードだ。ギュッと抱きしめると、腕の中でうれしそうな声を上げながら私の背中に小さな手を回してきた。

「せら、ばぁばのごはんあげたよ。ひまわりのおみず、かえた。なむなむもしたの」

「そうなの? 星来、えらいね。ありがとう」

星来を抱っこしながら隣の部屋に行くと、寝室同様、部屋のカーテンは開けられていて、部屋の片隅のローチェストの上にある小さな仏壇には、昨日の夕飯の残りのハンバーグと子供用のコップに入ったお水が添えられていた。

母の遺影の隣に飾ってある、母が大好きだったひまわりの花にも、みずみずしい雫《しずく》がついている状態だった。

いつも私が朝起きてからすることを、どうやら星来は見て覚えたようだ。息子の何気ない成長を感じて心が温かくなるのを感じながら、抱っこする我が子の頬に愛おしげに触れる。

星来はニコッとはにかむと、仏壇の写真に目を向けた。

「ばぁば、ごはんおいしい？」

毎朝、星来は保育園に行く前に写真のばぁばに話しかける。星来が生まれる前に私の母は亡くなってしまったから、星来は私の母に会ったことがない。

もしも母が生きていたならば、すごく星来のことをかわいがってくれたに違いない。

母は明るくてパワフルでいつも笑っていて、ひまわりのような人だった。

看護師としてバリバリ働き、忙しくしていたけれど私の学校の行事には休みを取って来てくれた。

よく覚えているのは、小学校のときの運動会だ。誰よりも大きな声で私の名前を呼び応援してくれようとするから、年頃だった私には恥ずかしいくらいだったけれど、愛されている喜びを感じた。

また、ピアノや水泳、ダンスなど私がやりたいと言ったことはなんでも挑戦させてくれたことにも心から感謝している。

私は母のことが大好きだった。母の誕生日には毎年、プレゼントと一緒に母の大好物の苺《いちご》のミルフィーユと、好きだったひまわりの花を贈る、それが我が家の定番で、ずっとそんな風に歳《とし》を重ねていけると思っていた。

それなのに。

どうして、あんなことに……。

胸の疼きを感じながら母の遺影をぼんやりと見つめる。

「ママ～、おなかしゅいた」

「あ、ごめん、ごめん。今から準備するね」

星来に腕を引っ張られたことでハッと我に返った。

あのときのことは考えないようにしているのだが、何年経っても胸の奥底にある黒いしこりは消えない。

それでも、今はこの子を守り育てていくことが先決だと、自分自身に言い聞かせながら朝食の準備に取り掛かり始めた。

残暑が遠のき、木々が赤や黄に染まり色鮮やかな世界が広がっている。青々と澄み渡った空が広がり、頬を冷たい風が通り過ぎていった。

「ママ、はっぱきれいね」

「そうだね。あれは何色かな？」

「あか！」

「正解。じゃあこっちは？」

「きいろ！」

「星来すごい！　全部正解だね」

頭をよしよしとすると、星来がニコリと微笑んだ。

日曜の早朝、まだ静まり返った公園に星来の明るい声が響く。

今日は仕事が休みだから、星来とゆっくり過ごすことができるので、散歩がてら近所のパン屋さんに出かけた。

その帰りに公園のベンチに座り、紅葉を見ながら朝食用に買ったパンを食べている最中だ。

「くるくるパン、おいしいね」

「星来、口にケチャップがついてるよ。ほら、こっち向いて」

ウエットティッシュを鞄《かばん》から取り出し、星来の口元を拭くと星来がじっとこちらを見つめてきた。

「ママもついてる」

「え？」

「きいろいたまご。せらふきふき、しゅるね」

星来も私の真似《まね》をし、私の口元にウエットティッシュを押し付けて、優しく拭き取ってくれた。

「はい、とれましたよ」

「星来、ありがとう」

「どういたしまして」

こんな風に息子と過ごす時間が、うれしくてたまらない。心が安らぐ瞬間だ。

「星来、そういえば来週、運動会だね」

「うん。たのしみ。せら、かけっこいちばん、なる」

「頑張ってね。ママ、星来のカッコいい姿をビデオに撮るから」

星来の走りに気を取られて、地面を映すことのないようにしないと。

実は前回のお遊戯会で、それをやらかしてしまった経験がある。今回はちゃんと三脚を持参しようと、軽く心に誓ってみる。

「おべんとう、からあげね。あとたまごやき。たこしゃんウインナー」

「うんうん。星来の大好きなものをいっぱい詰めこんだお弁当にするから、楽しみにしてて」

「わぁーい」

星来の笑顔が弾《はじ》けた。世界一かわいい私の息子。この子がそばにいてくれるだけで、私は幸せだ。

贅沢《ぜいたく》な生活はさせてあげられないが、星来のやりたいことはなるべくさせてあげたいし、たまには旅行にも連れて行ってあげたい。片親だからかわいそうとか、なにかを我慢させたくはない。

どんなことがあってもこの宝物を守り抜く、そんな思いに駆られながら愛おしい息子の頭をそっと撫でた。


「朔ちゃん、保育園から電話だよ」

「保育園からですか?」

「緊急のようだから早く電話に出て」

次の日、開店前に調理場で野菜の下処理をしていたところ、事務室にいた店長がやってきて子機を私に差し出してきた。

そういえば、携帯をロッカーの鞄に入れたままだった。きっと携帯の方に連絡をくれたが、私が出ないので勤め先にかけてきたのだろう。

熱でも出したのだろうか。それともケガ? タオルで手の水気を取ってからその電話に出た。

「もしもし？　西野《にしの》です。息子がお世話になっております」

『あ、西野さん、お仕事中すみません。担任の倉橋《くらはし》です』

先生の声にはどこか緊迫感が漂っていて、急にこちらまでそわそわとしだした。

「なにかあったんですか？」

『落ち着いて聞いてください。実はひよこ組で外に散歩に出かけている最中に車が列に突っ込んできて、今、桜《さくら》ケ《が》丘《おか》病院にいるんです』

「え？」

まさかの事態に頭が真っ白になり血の気が引いていく。先生が申し訳ないと謝っている声が遠く聞こえ、気が動転していて話がまったく頭に入ってこない。

「む、息子は無事ですか？」

気づけば震える声でそう尋ねた。

『はい。命に別状はありません。ただ、星来くん、混乱の中で転んでしまい頭を打ちつけてしまっておでこに腫れと擦り傷が。私がついていながらこんなことになってしまい申し訳ありません』

命に別状がないと聞いて正気を取り戻したが、息子の顔を見なければ安心できない。

「連絡をいただきありがとうございます。今からそちらに向かいます」

店長に事情を話し仕事を早退させてもらい、タクシーで桜ケ丘病院へと向かった。

病院に着くと、すでにひよこ組の保護者がたくさんいて自分の子を抱きしめている光景が目に飛び込んできた。

皆、私と同じ心境だっただろう。

「ママ〜！」

「星来！」

私の姿を見つけた星来がこちらに走ってきたので、しゃがみ込み抱きしめた。

少ししたのち、腕を緩めてすでに処置された様子の星来のおでこを見ると、白い包帯が巻かれていた。

擦り傷とは聞いていたが、包帯を巻いたその姿を目の前にするとやはり心が痛む。

「星来、おでこ痛くない？」

「いたくない！　せら、げんき！」

「そっかそっか。ならよかった」

星来はいつもと変わらない様子で微笑む。

ほっとしながら頭を撫でていると、倉橋先生がこちらへとやってきて経緯を説明された。

突っ込んできた車を運転していたのは七十代の女性で、アクセルとブレーキを間違えて、そのことで混乱に陥りハンドル操作を誤ったということだった。

間一髪のところで園児や先生たちはひとりも巻き込まれることなく済んだそうだ。大事故にならなかったのは、そこに居合わせた男性が列に車が向かってくることにいち早く気づき、とっさに星来や隣にいた子を抱きかかえその場を離れてくれたからだと聞いた。現役の医師で、搬送にも付き添ってくれたのだという。

その人がいなかったらと考えるだけで恐ろしい。

ともかくみんな無事で本当によかった、と胸を撫でおろした。

「このようなことになってしまいすみませんでした。星来くん、頭の傷の方はすでに処置してもらったのですが、念のため軽い検査をすることになり、その結果待ちということになります。本当にいろいろと申し訳ありません」

倉橋先生が申し訳なさそうに何度も頭を下げながら現状を説明してくれた。

「いいえ。先生は悪くないですから。ところであの、助けてくださった方は今どこに」

とにかく助けてくださった方にひと言お礼が言いたいと思い、倉橋先生にそう尋ねた。

「あれ？　いらっしゃらないですね……。そういえば、このあと診察に入るとおっしゃっていたので、お仕事に戻られたのかもしれません」

倉橋先生がきょろきょろと辺りを見回す。

「西野星来くんのお家《うち》の方いらっしゃいますか？」

先生との会話を遮ったのは、診察室から出てきた看護師さんの声だ。

「順番が回ってきたみたいですね。西野さん行ってください」

「先生、お話の途中ですみません。ちょっと行ってきます」

倉橋先生に頭を下げてから星来の手を引いて診察室へと向かった。

「失礼します」

中に入ると看護師さんがカーテンをサササッと開けて丸椅子に座るように指示をした。

星来を膝に抱っこして座ると、奥の方から白衣を着た恰幅《かっぷく》のいい男性医師がやってきた気配に気づき、反射的に意識がそちらに流れた。

「西野星来くんのお母さんですか？」

「はい。そうです」

頷くと、星来の頭を支えているように頼まれる。

「分かりました」

「星来くん、ちょっと先生の方を向いてくれるかな？」

先生は優しく微笑みながら星来の顔を覗き込んだ。

「いたいいたい、しゅる？」

星来は私の腕をギュッと掴《つか》みながら不安そうな顔を彼に向ける。注射が嫌いなので、そうされるのではないかと思い尋ねたのだろう。

「いいや。いたいいたいはしないよ。ちょっとこのクマさんのぬいぐるみを見てほしいんだ。クマさんを動かすから、そっちを見てくれる？」

星来が静かにぬいぐるみを目で追い始めた。

「うんうん。星来くん、その調子。上手にできてるよ。えらいね～」

さすが小児外科医の先生というべきか、星来はすぐに緊張がほぐれたようで、がっちりと握っていた私の腕を解放してニコリと微笑む。

痛いことをしないと分かって安心した様子の星来は、先生にあれこれと質問まで始める始末で、先生はそれに優しく答えてくれていた。

ひと通り検査結果の説明をされ、ひとまず診察は終わった。

そういえばさっき倉橋先生が、事故現場で助けてくれたというお医者様は診察に戻ると言っていた。

もしかして、この先生が？

「検査の結果問題ないと思われますが、万が一吐き気や頭痛を訴える場合にはすぐに受診してください」

「分かりました。ありがとうございます。あの、息子たちを現場で助けてくれたというのは……」

星来の手を取って診察室を出た私は、待合室で一旦気持ちを落ち着かせようと深呼吸をしていた。だけど、早鐘を打つ心音は収まりそうにない。

『ああ、遠谷先生ですね。まだ診察室の外にいると思いますけど、会われませんでしたか？　遠谷くん、子供たちに囲まれちゃってね』

星来の検査をしてくれた先生から返ってきた言葉に私は動揺を隠せなかった。

〝遠谷先生〟

診察室で聞いた名前を反芻《はんすう》する。

いや、でもまさかね。同姓なだけだと自分に言い聞かせた。

星来を膝に抱っこしながらソファーに腰を下ろし、今出てきた診察室の看板をぼんやりと見つめていた。

「西野さん、星来くんの検査結果は大丈夫でしたか？」

倉橋先生がこちらへとやってきてそう尋ねてきた。

「あ、はい。大丈夫でした」

ハッと我に返り、星来をソファーに座らせてから立ち上がった。

「よかったです。安心しました。あ、さっきの話の続きなんですけど、事故現場に偶然居合わせて子供たちを助けてくれたのは、あそこにいる先生なんです」

「え？」

倉橋先生の視線の先にいる人物を見て、思わず大きく目を見開いた。

視線を逸《そ》らそうとしたその瞬間、切れ長で奥ぶたえの瞳がこちらに向けられ、宙で視線が交わるとドクンと心臓がどよめく。

なぜならば、重なった先にいるのは見覚えがある顔だったからだ。

……やっぱり、恭一郎さんだったんだ。

清潔感漂う黒の短髪にすらりとモデルのように長い手足。きめ細かな白く綺麗《きれい》な肌。

シャープな顎のラインに薄型の形のいい唇。

あの頃のままの彼がそこにいる。

向こうも一瞬だけ動揺を見せたが、すぐにふわりと笑ってこちらに向かって会釈してきたので、私も慌てて頭を下げた。

その直後、緊急の呼び出しがあったのか、彼は胸ポケットから取り出した携帯を見て足早にエレベーターの方へと向かっていった。

「あの先生、混乱する現場で救急車や警察に連絡してくださって。私たちにも的確に指示を出してくれてすごく助かりました」

倉橋先生が柔らかな笑みを浮かべる。

「……そうだったんですね。素晴らしい先生ですね」

家業を継いでいると思っていた彼が、医師になっていて、そのうえ偶然息子を救ってくれた事実に心が震え、視界がじわりと滲《にじ》む。

もう会うことなんてないと思っていたのに。

また彼はピンチのときに私のもとに駆けつけて救ってくれた。

彼に助けられたのはこれで二度目。

運命のようにさえ思えるが、この先に明るい未来がないことを私は知っている。

いつの間にか頬を流れた涙が地面を濡《ぬ》らした。

「西野さん……」

「ママ？　どこかいたいいたいなの？」

星来が心配そうに私の顔を見上げる。

「ううん。違うの。星来が元気でよかったって思ったらほっとして」

ぶわっと湧きだした様々な感情を鎮めようと、力強く星来を抱きしめた。

＊＊＊

それから二週間が過ぎた。星来はあれから元気に保育園に通っている。

彼とのまさかの再会には驚いたが、恭一郎さんが元気そうにしていることを知ることができてよかったとも思う。

息子がいることを彼に知られる形になってしまったが、まさか自分の子供だとは思っていないだろう。たとえそれに彼が気づいたとしても、私はそれを認めることはしない。

と言っても、星来も元気でおでこの傷もすっかり治ったので、あの病院に行くことはもうないし、彼と関わることはないだろう。

「朔ちゃん、店番お願いできる？　私、広瀬《ひろせ》さんのところに配達に行ってくるから」

考え事をしながら調理場の片づけをしていると、お店の奥さんが声をかけてきた。

「分かりました。気をつけていってきてください」

広瀬さんとは店の近くのアパートで一人暮らしをしている高齢の男性だ。足が悪く歩くことが大変なため、よくここのお弁当の配達を頼むのだ。お店のご夫婦とは昔ながらの顔見知りらしく、面倒見がいいふたりは広瀬さんのことを気にかけている。

昼のピークが過ぎたあとなので客足はまばら。この時間帯なら私ひとりでも対応が可能だ。少なくなったお弁当を綺麗に並べ直そうと棚の整理を始めると、店のドアが開きお客様が入ってきた。

「いらっしゃいま……」

まさかの光景に思わず言葉を失った。

「初めてなので、おすすめのお弁当を教えてもらえますか？」

戸惑う私とは正反対。ネイビーのシルクのスーツを身に纏《まと》った恭一郎さんがゆっくりと私の方に近づいてくる。

「なんでこの場所が……」

「分かったのかって？　カルテの情報を見たのと、あとはあの場にいた保育園の先生にそれとなく質問をして聞き出したってとこだ」

まさかの彼の発言に知らず知らずのうちに瞬きを繰り返す。

「どうして、こんなことをするんですか」

動揺から尋ねる声が震えてしまった。

「答えはシンプルだ。朔に会いたかったからに決まっているだろう？」

隠すことなく、ただ真っ直ぐに思いを伝えてくる彼の姿は、あの頃とちっとも変わっていない。

あれから四年。すべては終わったものだと自分の中で片づけていたのに、心が揺らぎそうになる。

「どれだけ朔のことを心配したか。無事で本当によかった」

切なさと優しさが入り交じった瞳は、真っ直ぐに私に向けられたまま。そっと私の手を握った彼の手は、心なしか震えているように思えた。

職場近くの裏路地にあるレトロな雰囲気のカフェ。店内は薄暗くダークブラウンを基調とした落ち着いたテーブルと椅子が並び、会話を邪魔しない程度のクラシック音楽が流れている。

香ばしいコーヒーの匂いが漂う店内の一番奥の席に恭一郎さんの姿を見つけ、足を進めていった。

「遅くなってすみません」

「仕事、お疲れ様。来てくれてよかった」

目が合うと彼はどこかほっとしたように笑い、席に座るように私を促した。

「……またいきなり職場に来られても困りますから」

自身の意思を示すために私はきっぱりとそう言って、椅子の下に置かれた荷物置きにバッグと上着を入れてから腰を下ろした。

実はあのあと恭一郎さんはお弁当を買って一旦、店を出ていった。それは仕事中だった私への配慮だろう。でも、話はそこでは終わらなかった。

『仕事終わりに話がしたい』、そう言われた。そして、お店近くのカフェで私の仕事が終わるのを待っていた恭一郎さん。

ここに来ない選択もあったが、職場がバレてしまったので、私の行動次第では彼がまた会いに来ることは容易に推測できた。だから会うのは今日限りと決めてこの場所に来たのだ。今日のシフトは少し早上がりで、いつもより迎えまで時間がある。

話とはなんだろう。星来が自分の子だと気づいたのだろうかと、胸のざわめきが増していく。だけど、それを問われたとしても、私は本当のことを言う気はない。

平静を装って否定すればいいだけの話だと、自分自身に言い聞かせる。

ちょうど頼んだホットコーヒーが運ばれてきて、ウェイトレスが離れたタイミングで話の内容を聞こうと決意した矢先のこと。

「星来くんは元気にしてる？」

恭一郎さんが先に口を開いた。

名前、覚えてたんだ、と唇を噛《か》む。

「……はい。おかげさまで元気にやってます。先日は息子のことを助けてくださってありがとうございました」

自分の息子だとは知らない恭一郎さんに星来の近況を聞かれ、なんとも複雑な状況に心がそわそわとして落ち着かない。

「そうか。ならよかった」

あまりに彼が真っ直ぐにこちらを見つめてくるから気まずくて、コーヒーカップに視線を落とし立ち上る湯気を見つめだした。

彼と長く過ごす耐性は、やっぱり持ち合わせていないみたいだ。

「あの……いったいどのようなご用件でしょうか？　もうじき息子の迎えの時間なの

で、手短にお願いできればと思うのですが……」

綻びが露呈する前に話を切り上げるのが最善の策だと思い、机の下で合わせた手にギュッと力を込め、再び彼の方に視線を戻した。

「随分と他人行儀だな」

恭一郎さんは寂しそうに笑いながら、コーヒーカップに手を伸ばした。

「時間が迫っているなら、俺の車で保育園まで送っていく。車で話そう」

彼はソーサーにカップを戻すと思わぬことを言いだした。

その言葉は完全に予定外で、思わず目を丸くする。

「そ、それは遠慮させていただきます」

「言っておくが、朔に拒否権はないよ」

「拒否権はない？」

「ああ。俺はもう二度と朔の手を離す気はないから」

真剣なまなざしが私の心臓を射貫《いぬ》く。

あの日も彼はこんな目をしていた。

困っている人がいると放っておけなくて、ついつい首を突っ込んで自分のことを犠牲にしても、他人を助けようとする。

今も真剣なまなざしの奥に見え隠れする悩ましげな彼の一面に、胸の奥のざわめきは大きくなるばかりだ。

恭一郎さんの優しさに甘えることで、彼が壊れていくのが怖かったから離れたのに、なんでまた私の前にこの人は現れてしまったのだろう。

思わず黙り込むとふたりの間に重い沈黙が舞い降りた。

彼は机の上に両肘をつき、手を重ね合わせながらじっと私を見つめ続ける。

沈黙が訪れたことで近くの席のお客が楽しそうに談笑する声、グラスを合わせる音がやけに耳に届いた。

「怒っているのか?」

「いえ。別にそういうわけではないですけど」

いや、本当は恭一郎さんの強引さに戸惑いつつ、少し怒っているのかもしれない。

でも、あの日勝手に彼の前からいなくなった分際で、そんなことを言うのは気が引けて首を横に振って否定した。

「星来くんの迎えの時間に遅れるわけにはいかないから、ひとまず店を出よう」

彼が席から立ち上がり片手に伝票、そしてもうひとつの手で私の腕を優しく取った。

触れた指先から伝わってくる懐かしい熱。

全身の血流がドクドクと波打つ感覚に戸惑う。

彼の手を振り払うべきだと分かっていてもなぜかそれができなくて、渋々、バッグと上着を手に持ち席を立った。


気づけばあれよあれよという間に、彼の車の助手席に座らされていた。

そして、私がシートベルトをしたのを確認すると、恭一郎さんが静かに車を走らせ始めた。

明らかに高そうな白色の高級車。静かで揺れもまったく感じない。

この白の革張りのシートは特注だろうか？　とても座り心地がよくて驚いてしまう。

「強引に悪かった。でも、こうでもしないとまたなにも言わないで朔が俺の前からいなくなってしまうと思ったから」

ミラー越しに目が合ったが、あまりにも切なげなその瞳を前に、私はなにも言い返すことができず胸がズキズキと痛みだす。

去る者よりも残される側の方が辛《つら》いと知っていたのに、私はそれでもなお、恭一郎さんに黙ってあのとき消えてしまったのだ。

「朔、あそこのお弁当屋さんに勤めてどのくらい経つんだ？」

ミラー越しに恭一郎さんと目が合う。

声色は優しくて、少し口元を弓なりにした穏やかな表情を浮かべている。

きっと黙り込んだ私に気を遣ってこんな風に接してくれているのかもしれないと思うとなんだか申し訳ない。

「一年くらいです」

「そうなのか。レジ担当なのか？　それとも調理もしてるの？」

矢継ぎ早に質問が飛んできて戸惑うが、でも、沈黙が続くよりはいいのかもしれないと自分自身を納得させてみる。

「調理も販売もしてます」

さっきから聞かれたことにしか答えられていないから、恭一郎さんにはぶっきら棒に聞こえてしまっているかもしれない。

自分が不機嫌に見えないか、やんわりと確認しようと助手席の窓に映る自身の顔に目をやった。

「なら今日俺が購入した弁当も朔が作ったってことか？」

「まぁ、はい。全部ではないですけれども」

いつの間にか日が暮れて街頭の灯《あか》りが点《つ》き始めたことに気づき、ぼんやりと外の景色を見つめていた。

「朔が作った弁当なら、家に帰って食べるのがすごく楽しみだ。朔の料理、すごくうまいもんな」

まさかの言葉が降ってきて、思わず恭一郎さんの方を見た。

恭一郎さんはうれしそうに口元を緩ませていて、心臓がトクンと跳ねる。その顔は、四年前、一緒にいたときを彷彿《ほうふつ》させ、一瞬だけその頃にタイムスリップした気分に陥ってしまった。

「ひ、ひだまりキッチンのお弁当はどれも美味《お》しいので、家に戻られたらぜひ食べてみてください」

平静を保ったつもりだが、きっと私の目は泳いでいるに違いない。頬が少し熱くなるのを感じながらそれを悟られたくなくて静かに俯《うつむ》いた。

「ああ。また必ず店にも行くよ。朔に会いたいから毎日でも」

「そういう冗談を言わないでください」

「知ってるだろ？　俺は朔に嘘《うそ》は言わないってこと。思ってもないことは絶対に言わない」

湧き水のように濁りのない澄んだ声が耳に届き、それが身体を流れて心の奥底の渇きを潤すように浸食していく。

このままでは彼のペースになにもかも流されてしまうと思い、一旦、気持ちを落ち着かせようとゆっくりと息を吐いてから、再び瞳を窓の外に向けた。

優しい手に導かれて

冷たい雨がしとしとと街を包み込むように降る。昨夜から降り続くそれは、光を失い晴れることのない私の心のように、永遠に続くかのように思えた。

「お母さん、どうして……？」

十九歳の秋。私の前から突如、最愛の人がいなくなった。天涯孤独《てんがいこどく》の身になった私に残されたのは、深い悲しみと絶望。

まだ大人にもなりきれていない未熟な私には、自分の中で渦巻くそれらの黒い感情を取り除く方法は思い浮かばなかった。

いや、ひとつだけ……。

ここから飛び降りたら楽になれるのかもしれない。

橋の下を流れる川を覗き込むと、欄干を握る手が雨で滑った。

「お母さん、私もそっちに行っていいかな？」

つぶやいた言葉は儚《はかな》く宙に消えていく。私は今、母が命がけで産んでくれたこの身体を最低最悪な形で傷つけようとしている。

このまま生きていても苦しいだけだ。

だったら、いっそのこと。

お母さん、ごめんなさ……。

「そこでなにをやってるんだ?」

欄干に足をかけようとしていた私の耳に届いた男の人の声。とっさにそちらを振り向いた。

そこにいたのは、ブラックスーツを身に纏った長身の男性。歳は二十代半ばといったところだろうか。

すっきりとした顎ラインにスッとした高めの鼻筋。口角の上がった形のいい唇。理想的なパーツが配置された小さな顔は、美しいという形容詞がよく似合い、思わず目を奪われた。

「……ただ川を眺めていただけです」

頭から水を被ったようにびしょ濡れの私の姿を見ているのに、彼は私の言葉を信じないだろう。急に自分自身が情けなくなって、俯き気味に背を丸めた。

彼はきっと私がなにをしようとしたか分かっているはずだ。

それを見かねて声をかけてきたのだと思う。俯いたままでいると、彼が私の隣にやってきて、欄干に肘を置きこちらに視線を送ってきたのが気配で分かった。

傍目《はため》から見たらこんな夜中にずぶ濡れで橋の上に立っている私は、明らかに不審者で関わりたくないはずなのに。

「じきにここを離れますから。あなたも行ってください。ここにいたら濡れてしまいます」

寒さから声が震える。チラッとしか見ていないが、彼が身に着けるスーツや革靴は明らかに高価なものだと思われた。こんなときでも私のせいでそれらが濡れてしまうのが申し訳なさすぎて、早く彼がこの場を去ることを心から願ってしまう。

「君の方がずぶ濡れだ。こんなにも手が冷たくなってる」

彼の手が静かに私の左手に触れた。まさかの行動に目を丸くして彼の方を見れば、絡まった瞳は優しくまた切なげにも思えた。

「ひとまずついておいで。こんな時間に女の子がひとりでここにいたら危ないから」

彼は柔らかく微笑み私の手を引こうとする。

だが、ふいにその手を振り払ったのは、見ず知らずの男の人にホイホイついていくほど世間知らずではなかったからだ。

「そんなに警戒しなくても大丈夫。君に手を出したりはしない」

「ど、どうして声をかけてきたんですか？」

「んー、どうしてだろうね」

彼は困ったように笑い、いまだに止《や》む気配のない冷たい銀の糸を見上げた。

「きっと君が俺と同じような目をしていたから、放っておけなかったんだろうな」

「あなたと私が同じ目をしている？」

「ああ。希望を失い愛情に飢えたような、ね」

核心を突かれたことに思わず息を呑《の》む。

「捨てるつもりだったその命。俺に預けてみないか？　俺のところに来いよ」

私の心を見透かしているかのような彼の言動。私を真っ直ぐに見つめるその瞳に吸い込まれそうな錯覚に陥った。

これが恭一郎さんとの出会いだった。


彼に拾ってもらった私はそのまま彼の運転する車で家へと連れて行かれた。そこは都内にある大きなお屋敷だった。

白を基調としたリゾート風の造りのお家。家の周りを囲む高い塀は、中が見えないよう防犯面を意識してだろうか。

三台は余裕で入るであろう広いガレージに車を停《と》めると、彼は助手席に回りドアに手をかけた。ビルドインガレージになっているようで、彼のあとに続きお洒落《しゃれ》なホワイトアッシュ色のドアからそのまま家の中へと入ることになった。

「中の者になにか問われても君はなにも答えなくていい。黙ってついてきてくれ」

「……分かりました」

中の者とはいったい誰のことだろう？　ご両親のこと？　いや、親をそんな風には呼ばないはず。

たくさんの疑問が頭の中を駆け巡ったが、それはすぐに解けることになる。

「若、おかえりなさいま……、なんでそんなにずぶ濡れなんですか？」

「まぁ、いろいろあってな」

扉を開けると明らかにカタギではないと思われる明るめのパープル色の派手なスーツを着た、厳《いか》つい男性が目に飛び込んできた。それに続き、今度はスカジャンにダメージジーンズといった格好《かっこう》の金髪の若い男性もやってきた。

「そちらの女性は？　もしかして恭さんの女っすか？」

疑問を抱いた金髪の若い男性の方が、彼にそう問いかけた。

「ああ、そうだ。今日からここに一緒に住むから丁重に扱ってくれ」

思いもしない言葉が彼の口から飛び出し、心臓が跳ねた。

どうして否定しないのだろう？　今日からここで一緒に住む？

そんな話はひと言も聞いていない。大きな戸惑いを覚え、とっさに否定しそうになったが、さっきなにも言うなと釘《くぎ》を刺されたことを思い出しギュッと唇を結び直す。

気まずげに前方を向くと、驚いたような表情を浮かべる男性たちの視線が突き刺さり、思わず俯いた。

「ひとまず風呂に入りたいから準備を頼む」

「わ、分かりました」

彼の要求に、部下と思われるふたりはそそくさと奥の方へと走っていった。

「どうしてあんな嘘を仰《おっしゃ》ったんですか？」

誰もいなくなってから小声で彼にそう尋ねた。

「君がここで快適に生活ができるようにだ」

あの男性たちの言動や見た目から推測するに、いわゆる反社の人間なのではないかと思われる。

ということは、私の前に立つ彼もまたきっと……。

だとすれば、私は身売りされるためにここに連れて来られたのだろうか。ふとそんな疑問が浮かんだが、焦りや恐怖などはあまり感じない自分に驚く。

この男性と話していて悪い人だとは感じなかったからなのか。さっき出会ったばかりなのに私の心の内を見透かしたこの人ならば、私を救ってくれるのではないか、と淡い期待を抱いてしまっているからなのか。

心の中で考えてみるも答えはすぐに出そうになくて、目の前の大きな背中に視線を送った。

「意外と君は肝がすわってるな?」

彼がゆっくりとこちらを振り返り、口元に笑みを浮かべる。

「そうですか?」

「ああ。まったく動揺していないじゃないか。さっきのやり取りで察しがついただろうが、俺はそっちの道の人間だ」

やはりそうかと、心の中で納得した。

「俺のことが怖いか?」

真っ直ぐに向けられた瞳が私の答えを静かに待つ。

「いえ。怖いとは思いません」

怖いというより、私に向けられるそのまなざしはどこか……。

――悲しげに見えた。

「そうか。なら好きなだけここにいろ」

彼はフッと笑い、私の腕を取ってゆっくりと歩きだした。

＊＊＊

外を吹く風は冷たく、空を見上げればハラハラと白い雪が舞い降りてくる。偶然あそこを通りかかった彼に保護され、ここに来て二か月が過ぎた。

今はここで恭一郎さんの身の回りのお手伝いをさせてもらっている。それは恭一郎さんの提案だった。

彼は私があそこにいたわけを聞いてくることもなく、私に寄り添ってくれようとする。本当はたぶん彼に私のようなお世話をする存在は必要ない。

彼のお世話をする舎弟がいるから。ここに来た日に顔を合わせたふたり。厳つい三十代前半くらいの男性は風間《かざま》さんといい、若い金髪の男性は愁《しゅう》という。

遠谷恭一郎は都内に事務所を構える遠谷組の組長の息子で、組の中では若頭という存在だった。

私がそのことを知ったのは、ここに来て一か月が経った頃。恭一郎さんの立場を知って正直、すごく驚いた。

恭一郎さんは将来的に組長である父親の跡を継ぎ二代目を襲名することになっているようだが、どうやら親子関係があまりうまくいっていないらしいことを少し前にやんわりと愁から聞いた。

恭一郎さんと彼のお父様は現在、住まいも別。なので、彼の父親とは顔を合わせたことはない。

恭一郎さんは都内にあるセキュリティー抜群の、この別宅にいて風間さんや愁を始めとする舎弟が敷地内にある離れに住んでいるという形だ。

別邸といっても、その造りはとても豪華だ。大理石とシャンデリアを組み合わせたエレガントな内装のリビングダイニングは、外観同様に白を基調としたテイストになっていて、家具は白とグレーで統一されていて清潔感がある。またインナーバルコニーがあったり、リビングの上には大きな吹き抜けがあるので、家の周りを高い壁で覆《おお》われていても閉塞感はまったくない。

「おっ！　もうじき恭さんが帰って来る時間っすね」

愁の顔はうれしそうだ。

愁とは話を交わすうちに同い年だということが分かり、今では一番、言葉を交わす相手かもしれない。ここで生活を始めた当初は、愁さんと呼んでいたが、本人の申し出により、今は愁と呼ばせてもらっている。

愁に対して私のことも呼び捨てでいいよ、と何度も言ったけれど、恭一郎さんがいる手前、それはできないと拒絶され今に至る。

愁もまた恭一郎さんに拾われたひとりらしい。愁が恭一郎さんをとても慕っていることは、彼を見ていればすごく伝わってくる。

「愁って、恭一郎さんのことが大好きだよね」

「だってあんなにかっこいい人、他にいないっすか？　仕事ができて行動力もあるし、仲間思いで面倒見もよくて。しかも医学部を出ていて頭もいいときたら、尊敬しかないっす！」

愁が目を輝かせる。

医学部出の若頭。恭一郎さんは極道の世界では異端児的存在であった。彼が医学の道に興味を持ったのは、彼の母親が影響していたことをのちに知る。

ここに来て最初の頃は、極道にお世話になるという現実に多少、戸惑いがあった。

一般的に反社の人と関わりを持つことはタブーとされているから、心のどこかで自分が悪いことをしている感覚を抱いてしまっていたのだ。でも、彼らと一緒に生活し直接話して深く関わってみれば、人情に厚く優しい一面なども垣間《かいま》見られ、そういう戸惑いは影を潜めていった。

「今日の夕飯は肉じゃがとサバの味噌《みそ》煮っすか？」

恭一郎さんの話をしながら愁が鍋の中を覗き込んだ。

「うん。恭一郎さん、和食がいいと言っていたから」

「そうなんすか？　なんか新婚さんみたいっすね」

「え？　なんでそう思うの？」

思いもしなかった愁の言葉に、瞬きをしながら彼を見る。

「だって恭さん、朔さんがここに来てからほぼ家で夕食を取るようになったし、なんか表情が穏やかになったっていうか。そもそも、恭さんがここに女を連れ込んだのって俺が知る限りでは初めてで……」

「愁、ペラペラと余計なことは話さなくていい」

「す、すんません。おかえりなさいませ」

仕事から帰宅した恭一郎さんがキッチンに顔を出し、ギロッと愁を睨《にら》む。その途端、愁はつままれた猫のようにおとなしくなった。

「まったく油断も隙もないな」

フッと笑ってダイニングチェアーに腰を下ろした恭一郎さん。どうやら本気で怒っているわけではないようだ。

「おかえりなさい。ご飯にしますか？　それともお風呂にしますか？」

自身の言葉にさっきの愁の新婚発言を思い出し、ちょっぴり動揺してしまって頬が少し熱くなる。それを隠すように彼から受け取った上着を掛けるため背を向けた。

「腹が空いてるから、先に飯にしたい」

「分かりました」

肉じゃがと味噌汁を温め直すためにクッキングヒーターの前で作業を始めると、恭一郎さんが愁に椅子に座れと手で示した。愁は少し遠慮気味に恭一郎さんの目の前の席へと腰を下ろす。

「夕飯、一緒に食べていくか？」

普段、恭一郎さんと愁たちは一緒に食事をしない。愁たちは離れで各々食事を取る形だ。でも、たまに時間が合えば、恭一郎さんは舎弟たちとここで一緒に夕飯を食べることがあるのだ。

「あー、すんません。遠慮しときます」

恭一郎さんの誘いを断ることになり悪いと思ったのか、愁が目を泳がせながら気まずげに頭を下げる。

「長瀬《ながせ》とあそこの店に行くんだな？」

恭一郎さんの口から飛び出した長瀬とは、離れで暮らす舎弟のひとり。愁と馬が合うみたいでよくふたりで出かける仲のようだ。

「な、なんで分かったんすか？」

恭一郎さんは愁のことをお見通しらしく、にやりと笑いながら愁を見る。逆に愁の方は恭一郎さんの発言に驚いたように大きく目を見開いた。

「風間から聞いた」

「ああ、まったくもう。言わなきゃよかったっす。風間さん、おしゃべりっすね」

愁は苦笑いを浮かべ、頭を掻《か》く素振りを見せた。

「おまえもな。女遊びもほどほどにしろよ。あそこの店のケツモチは佐々弥《ささや》組だから」

「はい。恭さんにも組にも面倒かけるようなことはしないので安心してください」

そう言って愁は席を立ち上がり、深々と頭を下げてから部屋を出ていった。

「まるで嵐が過ぎ去ったように静かだな」

愁がいなくなりふたりで夕飯を食べ始めた。恭一郎さんの言う通り愁がいなくなってからダイニングは静まり返っている。

愁には普段からいろいろ助けてもらっているし、恭一郎さんの言葉を肯定するのも気が引けて苦笑いを浮かべながら、夕飯を食べる恭一郎さんの様子をチラチラと窺《うかが》う。

いつも彼は淡々と食べ、料理について感想は言わない。それでも必ず残さずに食べてくれているので、不味《まず》いと思っているわけではなさそう、などと自分の中で解釈していた。

でもやはり人様に自分の料理を振る舞うとなると、反応は気になるところ。

ましてや彼の生活のステイタスに合うような、豪華でスタイリッシュな料理を作る腕は私にはなく、庶民的なメニューばかりで正直申し訳なく思っている。

恭一郎さんの様子を気にかけていると、肉じゃがを一口食べたところで箸の動きがピタリと止まったのが見えた。

「あの……お口に合いませんでしたか?」

不安になり、思わずそう尋ねてしまった。

「いや……そういうわけではない」

「あの、醤油《しょうゆ》とか好きにアレンジしてくださってかまわないので。庶民的なものしか作れなくて本当に申し訳ないです。もっと勉強し……」

「いいや。とても美味しい」

「……それなら、よかったですけど」

反応と言葉がかみ合っていないことに違和感を覚え、じっと彼の顔色を窺いながらご飯を口に運ぶ。

「……母さんの味に似ていて驚いただけだ」

次の瞬間、意外なことを口にした恭一郎さんを見て思わず箸が止まった。

「お母様の味に？　それは私も驚きです」

そういえば、恭一郎さんの口から家族の話が出たのは初めてかもしれない。家族のことに触れていいのか分からず、今まで私からは話題に出すようなことはしなかったのだ。

「別にマザコンというわけではないからな」

自身の発言が恥ずかしくなったのか、頬を赤らめる恭一郎さんを見てなんだかほっこりする。

「そんな風には決して思っていないですよ。お袋の味ってなんだかほっとしますよね」

私も母の手料理が好きだった。もう触れることのできない温《ぬく》もりに胸がちくりと痛むのを感じながら、味噌汁のお椀に視線を落とした。

「朔、どうかしたのか？」

黙り込んだ私の様子に気づいた恭一郎さんがじっと私の顔を見つめてきた。

「すみません。なんでもないです。恭一郎さんは他にどんな料理が好きですか？　お母様がよく作ってくださる料理とかでも仰っていただければ」

この場を取り繕いたくてそんなことを口走ってみたが、恭一郎さんが困惑の表情を浮かべているように見え、ハッと息を呑んだ。

「出すぎたことを言ってすみません。今の発言は忘れてください」

とっさに頭を下げようとしたそのときだった。

「いいや。気を悪くなどしていない。なんの料理が好きだったか、考えていたんだ。実は母は遠くにいて、もうずっと母の料理を口にしていなくてね」

恭一郎さんが切なげに微笑みながら、肉じゃがに視線を落とした。

「そうなんですね。あ、なにか食べたい料理を思いついたら、言ってもらえたら作りますので」

お母様は遠くにいると言っていたが、恭一郎さんの表情を見る限りなにか特別な事情があるのだろうと、そこには敢《あ》えて触れることはせずに話題を変えた。

「それなら、また肉じゃがを作ってくれるか？」

「はい。喜んで」

希望を失った私にとって、誰かにこんな風に必要とされることはこの世界に生きる意味があるように思え、心が高揚するのを覚えながら頷いた。


「ここにいたのか」

「なにかご用でしたか？」

手に持つ本を閉じ、椅子から立ち上がる。

「いいや。資料を探しに来ただけだから気にせずに読んでくれ」

恭一郎さんが椅子に座るように手で示す。

リビングの隣にある五畳ほどの洋室。そこにある壁一面に設置された本棚にはたくさんの書物が並んでいる。恭一郎さんは読書家らしく、医学関連のものやミステリー小説、漫画の単行本なども並んでいて恭一郎さんの趣味が垣間見られる。

夕飯を終えお風呂に入ると、恭一郎さんは仕事関連のことで自室に籠もることが多い。私はといえば、夕飯の片づけを終えたあとは寝るまで家のことはしなくていいと言われていて、つまりは自由時間となっている。恭一郎さんと同じく読書好きの私は、この自由時間の間、ここで本を読むことが日課となっている。

「またそれを読んで泣いていたのか」

資料を手にしたあと、恭一郎さんは私のもとに寄ってきてフッと笑う。

「はい。この試合のシーンが一番好きで何回見ても泣いちゃいます。あれだけ互いを嫌っていたふたりがついに認め合い絶対王者に挑んでいく、ここからの描写が何回見てもグッときて……」

少年が運命の女の子に出会い、その子に振り向いてほしくてバスケ部に入部する。そこでいくつもの壁を乗り越え成長し仲間との絆《きずな》を深めていく。

そんなスポコン系の漫画だ。

この漫画は面白いぞ、と恭一郎さんに言われ、読んでみたらすっかりハマってしまって気づけば何度も読み返している。

「ハマってくれて俺としてもうれしいよ。俺もこのシーンが一番グッとくるから朔が泣く気持ちも分からなくはないな」

目じりを下げて彼が笑う。

「この続きの展開も熱いよな。ほら、ここのシーンとか」

気づけば続きの刊を手に取り、子供のように目を輝かせながら同意を求めてくる恭一郎さんを見てかわいいと思ってしまった。

出会った頃の恭一郎さんは、ミステリアスでなにを考えているのか分からなかったし、いつも落ち着いていてあまり感情を表に出す感じではなかったように思える。でも一緒に生活をしていくうちにいろんな一面が見えてきて、親近感が湧いている今日この頃だ。

「なぁ、朔？」

「なんでしょうか？」

「明日は昼から一緒に出かけないか？　ちなみに夕飯も外で食べようと思ってる」

部屋を出ていく寸前、恭一郎さんがそう言って穏やかな瞳をこちらに向けてきた。

意外な提案に一瞬、しどろもどろになってしまう。

もちろん嫌という意味ではなくて、考えてみれば恭一郎さんとふたりでどこかに出かけたことがなくて、戸惑ってしまったという方が正しい。

「嫌か？」

なかなか返答をしないから、恭一郎さんはそう思ってしまったらしい。

「いいえ。私でよければぜひ」

早くその誤解を解かなければと、とっさにそう答えて微笑みながら軽く頭を下げた。

翌日、午前中に洗濯や掃除を早々に済ませ、出かける準備に取り掛かった。

着替えやメイクをし終えた頃に、恭一郎さんがちょうど仕事から戻って来たので、慌てて玄関に向かう。

「おかえりなさい」

「ただいま」

今日の恭一郎さんは、黒のタイトなスーツにシルバーのネクタイを合わせたモダンシックな装い。スーツの上に羽織っていた黒のチェスターコートを左腕にかけながらこちらに穏やかな瞳を向けてくる。

「準備はできてるか？」

「あ、はい」

頷いてみるが、どうも落ち着かない。

モデルのように美しい恭一郎さんの隣を歩くということは、私もそれに見合う格好をしていかなければと思い、メイクもいつもよりしっかり目に、なにより洋服選びにはかなり時間をかけた。

悩んだ挙句、少し大人っぽい格好で行こうと決め、白のニットに優しいベージュカラーのタイトスカートを合わせ、足元はブラウンのショートブーツでまとめることにした。なんとか準備を終えたが、いつもはあまり着ないテイストなので気持ちがそわそわとする。

「いつものかわいらしい雰囲気もいいが、今日のような大人っぽい朔も素敵だな」

玄関でショートコートを羽織っている最中、玄関のドアに手をかけた恭一郎さんがこちらを振り向き、柔らかく微笑みながらそう言う。

「……ありがとうございます」

予期せぬ言葉に心臓が高鳴った。

肉じゃがの件以来、彼は毎日料理の感想を伝えてくれるようになったし、私の些細《ささい》な変化に気づいてはそれを褒めてくれるようになった。

今も頬が上気していくのは恭一郎さんに褒めてもらえてうれしかったからに他ならなくて、胸の高鳴りを感じながらガレージへと歩んでいき助手席に乗り込んだ。

パーキングに車を停め六本木けやき坂通りを歩き始めると、空からハラハラと雪が舞い降りてきた。ここに来る途中に車の窓から見える鮮やかな世界と、カップルの多さで今日がクリスマスイブであることに気が付いた。

恭一郎さんのもとで身の回りのお世話をするようになってから、家で過ごすことが多くてあまり曜日感覚がなかったので、今日がクリスマスイブだと気づくのに時間がかかってしまったのだ。

「朔、寒くないか？」

「大丈夫です」

並んで歩く恭一郎さんが、私を気遣いながらこちらを見て微笑む。

恭一郎さんは今日が十二月二十四日だと分かっていて誘ったのか、それともたまたま仕事の都合で今日のこの時間帯が空いたからそうしたのか、私がそれを知る術はない。

周りを見れば手を繋《つな》いだり腕を組むカップルばかりで、私と恭一郎さんも傍からはそんな風に見えているのかな、と考えるとなんだか胸の奥がこそばゆく感じる。

「初めて来てみたが、綺麗だな」

恭一郎さんに続き、上を見上げる。

そこには白と青のきらめくイルミネーションがキラキラと輝いていて幻想的な世界が広がっている。

おおよそ四百メートル続くけやき坂の並木道を約八十万のＬＥＤが彩るその景色は圧巻だ。さきほどまで変に意識してぎこちなくなってしまっていたが、いつの間にかそれを忘れてしまうくらいに心を奪われていた。

思わぬ形でクリスマスイルミネーションを堪能した私たちは、その後、並木道の一角にあるお洒落なセレクトショップの中にいた。

「かわいいアイテムがたくさんあって、見ていてとても楽しいです」

「それはよかった」

隣に並ぶ恭一郎さんが優しく微笑みながら私を見つめてくる。

店内は白とブルーを基調とした爽やかな空間で、紳士物のスーツやネクタイや時計、女性物の服やアクセサリーなど、国内外のブランドを問わず上品でお洒落なアイテムが並べられている。恭一郎さんが店員さんと話していた内容を聞く限り、恭一郎さんはこのお店でよくスーツを仕立てているらしい。

しばらくして恭一郎さんがスーツコーナーの店員さんと話し始めたので、私はひとりで隣にあるアクセサリーコーナーへと向かった。

ショーケースの中でキラキラと輝くアクセサリーはどれもかわいくて、自然と頬が緩む。少し前までは私もお洒落を楽しむ、ごく普通の十九歳の女の子だった。

母のことがあってからそういうことに興味が向かなくなって、すっかり自分を着飾ることさえしなくなっていたが、久しぶりにお店を散策すれば気持ちが高揚していくのが分かる。

心を弾ませながらショーケースを眺めていると、素敵なデザインのネックレスを見つけて思わず足を止めた。

「かわいいなぁ……」

ピンクゴールドのオープンハートのネックレスを見て、そんな言葉が漏れた。

お値段はかわいくないが、いつかこういうアイテムが似合う女性になりたい、そう思いながら、しばらく眺めていると恭一郎さんが隣にやって来た。

「なにか気になるものでもあったか？」

「はい。どれも素敵で目の保養になりました。恭一郎さんもお気に入りのスーツに出会えましたか？」

「ん？　スーツ？」

一瞬、きょとんとしたように恭一郎さんが首を傾《かし》げながら私を見る。

「店員さんと話されていたので、てっきりスーツを見に来たのかと思っていました」

「いや、ここに来たのは朔の……」

なにかを言いかけた恭一郎さんだったが、ハッとしたように息を呑み、どこか気まずげに微笑みながら私の方を見てくる。

「あの……私が、どうかしましたか？」

「いいや。なんでもない。あ、せっかくだから俺に似合うネクタイを朔に選んでもらおうかな」

「ネクタイですか？」

「ああ。朔のセンスで選んでほしい」

恭一郎さんがそう言って私の背中にそっと手を添えて、紳士服のコーナーへと向かいだした。

「これとこれならどっちがいいと思う？」

恭一郎さんが二本のネクタイを持って胸元に合わせた状態でこちらを見る。

「こっちの方がお似合いかと」

「じゃあこれと、これは？」

「こっちでしょうか。そもそも私より恭一郎さんの方が、センスがいいと思うのですが……」

「朔の感覚で選んでほしいんだ。俺だといつも同じようなデザインばかり選んでしまうから」

恭一郎さんが苦笑いを浮かべる。

彼が言うことには激しく共感してしまった。確かに自身のクローゼットの中の服を思い浮かべてみれば、同じような色やデザインのものが並んでいるような気がした。

「このデザインはどうでしょうか?」

真剣に悩むこと三十分あまり。ビビッとくるデザインを見つけてすかさず手に取った。そして、淡い水色ベースに白地で小紋柄が刻まれているネクタイを恭一郎さんの胸元に合わせてみると、顔色が明るく見えすごく似合っているように思えた。

「確かに顔色がパッとするな。朔、ありがとう。これにするよ」

鏡で自分の姿を確認すると、恭一郎さんは満足げに笑いレジに向かっていったので、私は恭一郎さんが会計をしている間、店内を回りながら待つことにした。


「やはり朔はセンスがいいな」

手に持つカトラリーをそっと皿の縁に置いてから、恭一郎さんは胸元のネクタイへと手を伸ばして目を細める。

彼はネクタイを購入したあと、すぐに更衣室でネクタイを付け替え、この場所に着くまでとても上機嫌だった。ここまで喜んでもらえるとこちらまでうれしくなり、自然と心が高揚していく。

「いえいえ。私はなにも。それよりも素敵な場所に連れて来てくださって、なんだかかえって恐縮です」

テーブルの上にはキャビアやウニ、オマール海老《えび》などの高級素材をふんだんに使った彩り鮮やかで芸術的な料理が置かれている。

ここは地上五十階にある高級フレンチのお店の個室だ。全面ガラス張りの窓からはキラキラと光り輝くクリスマスのイルミネーションとともに東京タワーが見える贅沢な空間。夕飯を一緒に食べることにはなっていたが、まさかこんなにラグジュアリーな場所で食べるとは思ってもいなかったので少々、緊張気味だ。

今までこういう豪華なお店で男性と食事をした経験はもちろんない。

クリスマスイブにこんな風にお姫様扱いされると、勘違いしてしまいそうにもなるのはきっと仕方がないことだと思う。心の中でそう思いながら炭酸水の入ったグラスに手を伸ばす。

「料理、口に合わなかったか?」

あまり食事が進んでいないように見えたのか、恭一郎さんが心配そうに尋ねてきた。

「いえ。どのお料理も本当に素晴らしいし美味しいです。ただ、こんな素敵なお店で食事をしたことがないので緊張してしまって」

彼の誤解を解きたくて、私はありのままの気持ちを伝えた。

「個室だし気兼ねなく楽しめばいい。次は朔が好きな白身魚を使った創作料理が来るから存分に堪能してほしい」

「覚えていてくださったんですか？」

「もちろん。忘れるわけがないだろ」

彼は机の前で両手を組み、穏やかな笑みを口元に浮かべ真っ直ぐに私を見つめてくる。

前に家で夕飯を食べているときに魚料理を出した際、好きな食べ物の話になったことがあった。そのときに白身魚と答えたのだが、恭一郎さんはそれを覚えていてくれたみたいだ。

彼はすごく面倒見がいいし、人を気遣う。彼が私に接するときの態度からも、それをひしひしと感じるが、舎弟の人たちに接している彼を見ていてもそう思う。

恭一郎さんは彼らを家族のように大切にしているのがすごく分かるし、人情に厚い。

それがみんなに慕われ、人を惹《ひ》きつける理由なのかもしれない。

恭一郎さんと談笑していると、彼が言うように鯛《たい》を使った魚料理が運ばれてきたことで心が弾み、自然とアイコンタクトを交わした。

さっそくナイフで切り分けふわふわの身を口に運ぶと、素材本来のうま味とバター、そして香辛料の香りが口いっぱいに広がり、知らず知らずのうちに口元が緩んだ。

「すごく美味しいです」

「朔のその顔、好きだな。見るとこちらまで自然と笑顔になるんだ」

「そう言われると、恥ずかしいです」

彼が発した言葉に思わず手が止まり、頬が上気していく。

「朔は笑っている方がいい。その方がかわいいぞ」

思わせぶりに聞こえる言葉たちが、愛からくるものではないことを重々承知している。それでも、彼に惹かれ始めている私にとっては意識せずにはいられないワードなのだ。彼のそばにいると居心地がいいけれど、私たちは家族でも恋人でもない。

彼自身、私に特別な感情があるわけもなく、きっと捨て猫を拾ったみたいな感覚に過ぎないのだと、自分自身に言い聞かせながら心の中に浮かんだ想《おも》いを静かに呑み込むように再び料理を口に運んだ。

「朔、実は君に渡したいものがあるんだ」

デザートを食べ終え、食後の紅茶を嗜んでいると、恭一郎さんがそう話を切りだした。

「なんでしょうか？」

まったく見当がつかず、首を傾げながら彼を見つめる。

「これを受け取ってほしい」

立ち上がりコート掛けにかかっていたコートのポケットからなにかを取り出して、私のもとへやってきた。

「これは？」

差し出された長方形の箱に驚き、戸惑いながら彼を見上げる。

「開けてみてくれ」

「……はい」

彼の指示に従いピンクのリボンを解きパカッと箱を開けると、思わぬものが顔を出し、目を見開きながら再び彼を見上げた。

「これって、さっきのお店にあった……」

驚きすぎて一瞬、言葉を失う。

「朔に似合うと思ってね」

それはさきほどの店で、私が眺めていたオープンハートのネックレスだった。

そういえば、レジに行ったあとに、更衣室でネクタイを付け替えるから下の階のソファーで待っていてくれと恭一郎さんに言われたことを思い出した。

きっとそのときに購入してくれたのだろう。

気持ちはすごくうれしいが、こんな高価なものをもらうことには気が引けて、どうしていいか戸惑ってしまった。

そうこうしているうちに、彼が私の背後に回り込みネックレスに手を伸ばす素振りを見せた。

「恭一郎さん？」

彼の行動の意味が分からず、振り返る。

「つけてあげるからじっとしてて」

「あの、でも。私、こんな高価なものをいただくわけにはいきません」

首を横に振ると、恭一郎さんがそっと私の肩に手を置いて柔らかく微笑んだ。

「これはいつも俺の身の回りの世話をしてくれて、美味しい料理を作ってくれることへの感謝の気持ちだ。実は朔がどんなものが好きか分からなくて、さっきあの店でリサーチしてたんだ」

まさかそんな風に思ってくれているとは思わなくて、驚きとともに心がじんわりと熱くなる。

「感謝しているのは私の方です。あの日、私を救ってくれて……素性の分からないこんな私に優しく接してくださって。それなのに、私はあなたになにも返せてはいなくて」

彼は見返りなど求めることもなくどこまでも私を甘やかす。

このままではきっと、いつかくるであろう、さよならが言えなくなってしまう。

急になんとも言えない切なさが込み上げてきて彼から視線を逸らした。

「そんなことはない」

穏やかな声色が頭上から届いた。

彼はそのまま横へ足を進めてきて膝をつき、優しく私の手を取り顔を覗き込んできた。

「朔といるとなぜか心が安らぐ。俺にとって今、朔がそばにいてくれることがなによりのプレゼントだ。だから、これからも俺のそばで笑っていてほしい」

恭一郎さんはそう言って、口元を弓なりにしながら立ち上がり、そっとネックレスを手に取り、私の首元に手を伸ばした。

＊＊＊

気づけば凍《い》てつく寒さが過ぎ去り、そのまま春を超えていた。

リビングから見える中庭の紫陽花《あじさい》が色濃く身を染め、その美しさに最近はいつも目を奪われている。

「今日は会食があるから夕飯はいらない」

「分かりました」

「ところで顔色が優れないように見えるが、大丈夫か？」

恭一郎さんが心配そうに私の顔を覗く。

「だ、大丈夫です。いつもどおり元気ですよ」

彼から漂う爽やかな香りが鼻をかすめると心臓がトクンと音を立て始め、反射的に一歩後ずさりした。

本当のところ、昨日の夜から体調はよくない。寒気と関節痛に悩まされていた。それでも恭一郎さんに余計な心配をかけたくなくて平静を装っていたが、勘が鋭い彼になんとなく気づかれてしまったようだ。

「そうか？　ならいいが」

「はい。いってらっしゃいませ」

恭一郎さんが、愁と風間さんとともに車で遠谷組の事務所へと向かった。恭一郎さんが朝から事務所に顔を出すことは珍しい。

普段は金融や飲食店、不動産など遠谷組のフロント企業を回っていることが多い。一緒に生活をするようになって、彼の一日のスケジュールが分かるようになってきて、それとともに彼のその日の機嫌も見て取れるようになってきた今日この頃だ。

いつもは温厚で穏やかな恭一郎さんだが、最近はイライラしているように見え、仕事でなにかあったのだろうかと、胸がざわめく。

知らず知らずのうちに、首元に光るネックレスに手が伸びた。

それはクリスマスイブの日に、彼がサプライズでプレゼントしてくれたものだ。

あの日以来、お風呂に入るとき以外は肌身離さずつけていて、私に取ってお守りみたいな存在になりつつある。

いろいろ気がかりなことはあるが、彼の仕事に関しては口を出すことではないので、私は私の仕事をちゃんとこなそうと気持ちを切り替えて、朝食の片づけに取り掛かり始めた。

朝食の片づけを終えると洗濯を済ませ部屋の掃除へ。これが私のいつものルーティンだ。

お昼ご飯を食べ終えたらスーパーに買い出しに行こうと、先日作りすぎて冷凍していたチャーハンをレンジで温め始めた。

それを食べながら今後三日分のメニューを考えようとしたが、頭痛がひどく思うように進まない。

ひとまず薬を飲んでなんとかしようと自室に行き、引き出しにしまっておいた市販薬を飲んでみたが、一時間くらい経っても一向に体調がよくなる気配がなくて、少しだけベッドに横になることにした。


それからどのくらい時間が流れただろうか。

強烈な喉の渇きと身体の熱さを感じて目を覚ますと、すっかり日が暮れていた。慌ててサイドテーブルの上にあったリモコンで部屋の電気をつけ、リモコンの横にあった置き時計に視線を移す。

「うそ……」

時計の針は二十時を指していて思わず目を丸くした。実に七時間以上もここで寝ていたことになる。恭一郎さんが今日会食でなかったら、とっくに帰ってきている時刻だ。

「よかった……」

思わずそんな言葉が漏れた。

恭一郎さんが帰ってきたときになにもできていない状態だなんて、彼の身の回りの世話を任されている身としては、申し訳なさすぎる。ただでさえ恭一郎さんは仕事で疲れているようなので、家でくらい心身を休めてほしいし、完璧な状態にしておきたいのだ。私自身ができることは少ないが、彼のためにやるべきことはきちんと果たしたい。

ベッドからゆっくりと身体を起こし、ドアの方に向かって歩き始めた。

突き刺すような頭の痛みと、身体の節々が痛いのが相まって足元がふらつく。それでも自分の中にある責任感が私を突き動かしている状態だ。

ひとまず顔を洗ってからランドリールームへと歩を進めていった。食料の買い出しは明日に回すとしても、恭一郎さんが帰ってくるまでに洗い物や洗濯物の畳みなど最低限のことはしておきたい。

身体にムチ打って洗濯物を畳み始めたそのとき、ガチャッと玄関のドアが開く音がして、慌てて玄関に向かった。

「おかえりなさい」

作り笑いを浮かべ頭を下げると、恭一郎さんが慌てたように私のもとへと駆け寄ってきたのが見えた。

「目がひどく充血しているし顔が真っ赤だぞ。熱でもあるんじゃないか」

とっさに手荷物を床に置き、私を抱きかかえて歩きだしたことに驚いて目を見開いた。

「あ、あの下ろしてください！　歩けますから！」

恭一郎さんの不意打ちの行動に慌てふためき、足をバタバタとさせる。

「そんなに暴れるな」

「本当に大丈夫ですから！」

「どこが大丈夫なんだよ。こんなに身体が熱いのに」

必死に下ろしてほしいと懇願するも、恭一郎さんはそれを受け入れてくれなくて、気づけば、私の部屋のベッドの上へと運ばれていた。

「ご心配をおかけしてしまってすみません」

優しくベッドの上に身体を下ろされると、瞳が交わった。

「こういうときくらいは素直に甘えろよ」

彼がそう言って私の頭に優しく触れる。

一瞬、ん？って、表情を浮かべると、そっと自身の額を私の顔に近づけてきたことに思わずドキッとして固まった。

「あの、恭一郎さん？」

「ほら、やっぱり熱がある」

ぴたりとつけられたおでこに心臓が早鐘を打ち、違う意味で身体が熱を帯びていった。

こんなの絶対反則だと言わんばかりに瞳を泳がせていると、彼はおでこを離しベッドの上にあるタオルケットを手に取り私に掛けだした。

「今日はもうここでゆっくり休むんだ。あとで水枕とか冷たい飲み物を持ってくるから」

「でも、私、まだやることが残っているので」

慌てて首を横に振りながら彼を見つめる。

「俺がいいと言っているんだから素直に聞いてくれ。本当は朝から具合がよくなかったんじゃないのか？」

確かにその自覚はあったので、否定もできず押し黙る。

「やはりそうか。次からは無理をせずにちゃんと言ってほしい。朔が辛そうにしているのは見ていて胸が痛む」

切なさと優しさが入り交じった瞳が私を捉える。

心配をかけてしまったことは事実だし、これ以上、私がわがままを言えばかえって彼に迷惑をかけるように思えた。なによりこんな顔をさせてしまったことが申し訳なくて、私は黙って頷くしかなかった。

少しして、彼が飲み物などを持って部屋に入ってきた。

「朔、寒気は治まったか？」

「はい」

そっと握られた手に全神経が集中する。

「もう大丈夫ですから、恭一郎さんも自室に戻ってください。私の風邪がうつってしまうかもしれないので」

「朔が寝るまではここにいるから。今は余計なことは考えずに目を閉じて身体を休めるんだ」

身体はこんなにもしんどいのに、繋がれた手から伝わる彼の温もりに心は不思議と穏やかになっていく。安心したのか、次第に睡魔が襲ってきた。

彼はやはりどこまでも優しい。

その温かさに触れ、胸の中にしまい込んだ想いが溢《あふ》れだすのを感じながら私はゆっくりと目を閉じた。


「付き合わせてしまってごめんね」

「謝らないでくださいよ。今日からしばらく朔さんの護衛……じゃなくて付き添いが俺の仕事なんで。それにしても熱が下がって本当によかったっす」

愁がニコッと微笑む。今は愁が運転する車で近くの病院を目指している最中だ。

今朝方に熱は下がったものの、咳《せき》が出始めたのと喉の痛みが引かないので病院に行くようにと恭一郎さんに言われた。

迷惑をかけてしまったのでそれを断るわけにもいかず病院に行くことにしたのだが、心配性の恭一郎さんが愁に送迎をするように指示したのだ。

「付き添いなんて申し訳ないよ。熱も下がったしひとりで大丈夫だから、明日からは愁も通常の業務に戻れるように恭一郎さんに頼んでみるから」

「いや、その……たぶん恭さん、『うん』とは言わないと思いますけどね」

「どうして？」

愁が一瞬、戸惑う表情を見せたことに違和感を覚えながら返答を待つ。

「ほら、あれっすよ」

「あれ？」

意味が分からず首を傾げた。

「恭さん、誰が見ても分かるくらい朔さんに超過保護じゃないですか。もう朔さんにぞっこんというか。今朝もすごく心配してましたよ。さっきも朔さんの様子を窺う電話が来たし。愛されてる証拠っすね」

ミラー越しに愁がにやりと笑ってこちらを見る。

「ぞ、ぞっこんとか、そういうのじゃないよ。愁ってば、からかわないで！」

あまりに愁が冷やかすから恥ずかしくなり、ムキになって否定しているうちに顔が熱を帯びてきた。

思わぬ形で恭一郎さんが自分のことを気にかけてくれていることを知ってしまった。それがうれしいと思ってしまうのはきっと、彼のことを男性として意識しているから。願わくは、恭一郎さんも私と同じ気持ちだったらいいな、そう思いながら窓から見える真っ青な空を見上げた。

病院に行ってから一週間が過ぎ、喉の痛みはなくなったが、いまだに少し咳が続いている。でも日常生活を送る上ではなんら支障はない。

それでも、どこに行くにも愁の付き添いは続いていた。愁は私の咳が続いているからってことを理由に、私のそばにいるよう恭一郎さんに言われているみたいだけど、きっと本当の理由はそれじゃないのだろうと考えてしまう。

「じゃあ次はドラッグストアに向かえばいいっすよね？」

運転席に座る愁が後方を振り返りそう言った。

「愁、今日も本当にごめんね」

「朔さんが謝ることないっす。安全運転で行きますよ」

私がシートベルトをしたのを確認すると、愁がスーパーマーケットの駐車場から車を発進させようとサイドブレーキに手をかけたそのときだった。

愁の携帯の画面が光ったのが見えた。

愁は「ちょっと、すんません」そう言ってその電話に出た。

「お疲れさまっす。はい。今、外に出てます。え？　恭さんが？　それで容態は？」

和やかな空気が一転し、愁の雰囲気からは動揺が滲む。

恭一郎さんの身になにかあったのかと、後部座席から身を乗り出して愁の会話に耳を傾けた。

「分かりました。はい。それでは──」

電話を切った愁の顔は曇っている。

「どうかしたの？　恭一郎さんになにかあったの？」

こちらを振り向いた愁と瞳が交わり、心臓が早鐘を打ち始める。

「……それが、その……は、刃物で切りつけられたみたいです」

動揺からか愁の声は明らかに震えていた。

「ケ、ケガの具合は？　どこにいるの？　今すぐに恭一郎さんのところに連れて行って！」

身体から血の気が引いていく感覚に襲われながら必死に懇願する。

「ケガの具合は腕にかすり傷を負った程度だと。だから命に別状はないそうっす。今は病院で手当てを受けているみたいで……」

「どこの病院？　今からそこに私も行く！」

愁はなにも言葉を返さず、苦悶《くもん》の表情を浮かべ黙ったままだ。

ふたりの間に重い沈黙が流れ、私たちが乗る車の横を通り過ぎていった小さな子供の声がやけに耳に響いた。

「すんません。それは朔さんの頼みでもできないっす」

愁はそう言って深々と頭を下げた。

「どうして?」

「……仁《じん》さんの命令です。誰も病院に近づけるな、と」

「仁さん?」

初めて聞く名前だった。

「仁さんは、組の幹部っす。さすがに上の命令には逆らえないので……すんません」

恭一郎さんのことは心配だ。だけど愁の立場を思えば、私がへたに行動すれば彼にしわ寄せがいくのが容易に推測できて、グッと言葉を呑み込んだ。

「ひとまず恭さんの家には戻らず、このまま軽井沢《かるいざわ》にある別荘に向かいますんで」

愁が一度、ふぅーっとひと呼吸を置いてからサイドブレーキに手をかけた。

「軽井沢? どうして?」

「さっきの電話、風間さんからだったんですけど、軽井沢に行けというのは、恭さんの指示です。朔さんの身を気にかけてのことなので分かってください」

恭一郎さんに少しは近づけたと思っていた。

だけど、それは思い違いだったのかもしれない。

最初から今に至るまで、自分は蚊帳の外にいる。恭一郎さんはたまたま私に手を差し伸べてくれたけれど、だからと言って、彼と一緒に生きていけるわけではないのだと痛感している。

自分と恭一郎さんはやはり違う世界の人間なのだと思い知らされ、また彼に守られるだけの自分の立場が申し訳なさすぎて呆然《ぼうぜん》とし、車内の窓からキラキラと光り揺らめく街並みを、ただただぼんやりと見つめることしかできなかった。

軽井沢に向かう車内は静かだった。いつも騒々しい愁も口を結んだまま。

恭一郎さんは大丈夫なのだろうか。頭はそのことだけに支配されていた。

別荘に着くと、そこにはすでに組の人が何人かいてピリピリとした様子だった。ガレージの扉が開き、愁がそこに車を停める。室内へと足を進めると、そこにはラグジュアリーな空間が広がっていた。

恭一郎さんが住む別邸とは雰囲気が異なる、ダークブラウンを主とした落ち着いた佇《たたず》まいだ。リビング続きのダイニングには、大理石天板のフラットキッチンがあり、その背面には壁面にぴったりと収まる寸法の収納が備え付けてあって、海外の邸宅を思わせる間取りだ。

だが、そんなものにときめいている余裕は今の私にはない。

「見張りがついているんで安心してください。それから少し腹に食いもんを入れた方がいいと思うんで」

リビングの黒革ソファーに座りぼんやりとしていると、愁がキッチンの冷蔵庫を漁《あさ》り、おにぎりやゼリー、レトルトのスープなどを温めて持ってきてくれた。

「……ありがとう」

そう言ったものの、食欲がまったくなく手が伸びない。ただただオレンジゼリーの入った容器を見つめていた。

「なにも食べないと身体に悪いっすよ」

愁がそばにやってきて心配そうに私の顔を覗く。

「食欲が湧かなくて……恭一郎さん大丈夫かな」

ポツリとつぶやいた声が儚く宙に消えていく。

気づくと、頬を涙が伝っていた。

「朔さん、恭さんなら大丈夫っす。だから泣かないでください。とにかくなにか腹に入れてください」

「愁は優しいね。ありがとう。私、ちょっと顔を洗ってくる」

一度、気持ちを落ち着かせようとリビングを出て洗面室に向かった。

しばらく鏡の前に立って気持ちを落ち着かせてから蛇口を捻《ひね》り、顔を洗おうとしたそのときだった。

「愁、これはいったいどういうことだ？」

男の人の怒声が届き、ビクッと身体を震わせた。

いったいなにが起こったのかと慌てて洗面室を出て、声が聞こえてきたリビングの方に足を進めていった。

だけどそこには誰もいなくて、その声はこの先にある玄関の方から聞こえてきているのだと悟り、リビングのドアに耳をくっつけ外の様子を窺う。

「風間たちの動きがおかしいと思ってここに来てみたが、俺はここに来いなどと、ひと言も指示してないぞ！」

「これは、その……、仁さん、すんません！」

どうやら声を荒らげているのは、さきほど車の中で名前が出た仁さんという人物らしい。

「これは恭一郎の指示か？　……彼女もここにいるのか？」

低く淀《よど》みの含んだ声が耳に届き、ドクンと心臓が跳ねた。

愁は仁さんの問いに黙ったまま、なにも答えようとはしない。

それはつまり、幹部である仁さんにもなにも告げず、恭一郎さんが内密に愁に指示を出したことを意味していた。

……私のせいだと直感的にそう思った。いても立ってもいられなくなり、リビングのドアを開けようと手をかけた次の瞬間。

廊下が急にざわざわと騒がしくなったのを感じ、思わず手を止めた。

「仁さん、すまない。愁はなにも悪くない。俺が陰で愁に指示を出したんです」

聞き慣れた声が耳に届き、ハッと息を呑んだ。

「恭一郎……。まさか病院を抜けだしてきたのか？」

仁さんの声には戸惑いと静かな怒りが滲んでいるように聞こえた。

「傷自体はかすり傷だったので、入院せずに帰って来たんです」

「かすり傷？　そんなわけないだろ！」

繰り広げられる恭一郎さんと仁さんのやり取りには緊迫感があり、とてもじゃないが出ていける雰囲気ではなくて、じっと息を潜めてふたりの会話に耳を傾け続けるしかない。

「本当に平気です。俺が頑丈なのを仁さんも知っているでしょう？　それよりも今回のことは俺の独断による指示です。勝手なことをして申し訳なかったと思っています。愁、おまえに対してもすまないと思っている」

「恭さん、そういうのは止めてくださいよ。頭を上げてください！」

慌てたような愁の声が届き、愁に向かって頭を下げる恭一郎さんの姿が脳裏に浮かんだ。

「恭一郎、おまえに言いたいことはたくさんある。だが、今日はおまえの体調のこともあるしあれこれと言う気はない。だが、ひとつだけ伝えておく。頭を冷やして、自分の立場をもう一度よく考えろ」

足音が遠のき、玄関のドアが開閉する音がすると、その場に静寂が落ちた。

「愁、本当にすまなかった」

恭一郎さんが口を開き、その沈黙はすぐに破られることとなった。

「いえいえ。俺は大丈夫っす！　俺の方がうまく立ち振る舞えなくて申し訳なかったっす！　てか、恭さん、本当に身体大丈夫なんすか？」

愁の声色は明るい。きっと彼なりに気を遣っているのだろう。

「ああ。大丈夫だ。俺はそんなにやわじゃない。それよりも朔は……どこにいる？」

「朔さんなら今、洗面室にいるはずです」

ここで話を聞いていたことがバレるとお互いに気まずいと思い、私は慌てて洗面室へと戻り蛇口を勢いよく捻った。

「朔、いるか？　俺だ。恭一郎だ」

少しして恭一郎さんが洗面室へとやって来て、ドアをノックしながらそう言った。

さっきの一件もあって気持ちがいろいろと複雑ではあったが、今はなによりもこの目で恭一郎さんの無事を確かめたいと強く思い、ドアに手をかけた。

「恭一郎さん！」

泣いてはダメだと分かっているのに、ドアの先にあった彼の顔を見た途端、熱いものが胸に込み上げてきてじんわりと視界が滲んだ。

「ただいま。心配をかけてすまなかった」

恭一郎さんの指先がそっと私の頬に伸びる。

「ケガは……本当に大丈夫なんですか？」

私の問いに、ふわりと微笑む恭一郎さんの姿がそこにある。

ブラックスーツにダークブラウンのロングトレンチコートといういつもと変わらない お洒落な様からは、事件があったとは想像がつかないほどだ。

恭一郎さんからは動揺も感じられない。それは普段からこういったことに慣れているからなのかもしれない。

私が恭一郎さんのところにお世話になってから今まで、幸運なことにこんなことが起こらなかったので、どこかで恭一郎さんが極道の世界の人なのだという認識が薄れていた。

だが、彼が生きる世界はやはりこういう危険性と隣り合わせなのだということを再認識させられ胸が疼く。

でも今は、なにより――。

「……無事で本当によかったです」

その思いがすべてで、どっと溢れだした涙が床に落ちていく。

「泣かないでくれ、朔」

掠《かす》れた切なげな声が耳に届くと同時に彼の手が背中へと回り、気づけば私は恭一郎さんの胸の中にいた。

私が落ち着くまで彼はずっと抱きしめてくれていた。彼に包まれ少し冷静さを取り戻すと、ハッとして我に返った。

ケガを負った彼に気を遣わせてしまっていることが、申し訳なく思えたのだ。

恭一郎さんは大丈夫だと言っていたが、今は一刻も早く身体を休めてほしい。

「……あの、今日はお風呂に入れますか？」

恭一郎さんから離れ、涙を拭いながらそう尋ねた。

「今日一日は入れないそうだ」

ようやく少し落ち着いてきて、私は深呼吸して彼を見つめる。

「温めたタオルを用意するので、今日はそれで身体を拭いてください」

「分かったよ。そうする」

私の表情が切迫していたからか、恭一郎さんは、苦笑いを浮かべながら申し出を聞いてくれ、一緒に洗面室を出て歩きだした。

先ほど愁が開けていた冷蔵庫や戸棚の中を思い出しつつ、私はまた口を開く。

「あの、ここに来る前に食事は召し上がりましたか？　出来合いのものになりそうですが、なにか温かいものをお持ちできます。その間に、愁にタオルを持っていってもらうようにしますので」

「いろいろと面倒をかけてすまないな。今日ばかりは朔の言うことを素直に聞くことにするよ」

今はとにかく私ができることをしよう。

寝室に向かう恭一郎さんの背中を見ながらそう強く思い、ひとりダイニングへと向かった。

お湯を沸かして何枚かタオルを濡らし、それをトレイの上に並べてからリビングにいた愁に預けた。私が恭一郎さんの身体を拭くこともできたが、さすがにそれは彼も気を遣うのではないかと、愁に頼もうと思ったのだ。

そして愁が恭一郎さんの部屋から戻ってきてから、予告した通り、今度は愁と入れ替わる形で私がおにぎりやインスタントの味噌汁などを持って彼の部屋へと向かった。

ドアをノックし、中の様子を窺う。

「朔です。ご飯を持ってきたのですが、今開けても大丈夫ですか？」

「ああ」

返答を聞き中へと足を踏み入れると、ネイビーのシルクのガウンを着た恭一郎さんがベッドの上にいた。私が入ってくるのを見ると、ベッドから出ようとしたので慌ててそれを制止する。

「恭一郎さん、そのままで大丈夫です。サイドテーブルに置きますから」

「朔は過保護だな」

フッと恭一郎さんが笑って私を見る。

私のことを過保護だと言っているが、恭一郎さんの方がよっぽどそうじゃない、そんな風に思いながらテーブルの上に食事を並べだした。

「なにか言いたげだな？」

とっさに手が止まる。

私の心の声はどうやら表情に出ていたらしい。

「それは、その……私よりも恭一郎さんの方がよっぽど過保護だと思っただけです。見ず知らずの私を自宅に招き入れて目をかけてくれているんですから」

気づけば、恭一郎さんに向かってそう言い返していてハッとする。

「今日はずいぶんとはっきりものを言うんだな」

「……生意気な口を利いてすみません」

今日はずっと気持ちが落ち着かないせいか、攻撃的になってしまっているのかもしれない。とにかく一旦、気持ちを落ち着かせようと静かに息を吐いた。

「普段からそのくらい本音を言ってくれた方が俺としてはうれしいけどな」

「そう、ですか？」

「朔はいつも遠慮してばかりだから」

真っ直ぐに見つめられ気まずくなり視線を下に落とすと、会話が止まりシーンと部屋が静まり返った。

その沈黙に耐えられなくなり、テーブルの上にそそくさと残りの食べ物を並べ、空になったトレイを手に持ち立ち上がったそのときだった。

「……朔、もう少しだけここにいてくれないか？」

彼の指先が私の腕に遠慮気味に触れ、心臓が波打った。

恭一郎さんはいつも堂々としていて、普段、そんなことを私に求めてくるような人ではない。

それを知っているからこそ、彼の思わぬ行動に動揺せずにはいられない。

でも……。

「……私で、よければ」

求められることがうれしくて、気づけば触れられた腕をゆっくりと解き、そのまま彼の手にそっと自身の手を重ねていた。

どこか居心地がいいと思えるその空間。

彼が夕飯を口にする間、私はベッド横の椅子に座っていた。じっと食べているところを見られるのはさすがに嫌だろうと思い、きょろきょろと辺りを見回しながら時折、恭一郎さんの様子を窺う。

「やはり朔が作ってくれるご飯の方が圧倒的にうまいな」

「……そうですか？」

「ああ。早く自宅に帰って朔の手料理が食べたい」

今日の恭一郎さんはどこか甘えモードだ。普段見せないその姿に戸惑いながらも、今日襲撃を受けた彼の気持ちを考えると内心穏やかではないのだろうと思ったし、誰かにすがりたくなる気持ちは理解できる。

それでも、恭一郎さんの思いにすぐに応えて「家に戻ったらたくさん作ります」と言えなかったのは、さきほどの仁さんと恭一郎さんのやり取りが思い浮かんだから。

私がいることで恭一郎さんの立場が悪くなり、迷惑をかけているのだとすごく痛感した。本当は私のような人間は彼のそばにいてはいけないのだと思う。

でも、私は彼に強く惹かれ、恭一郎さんが私をこんな風に必要としてくれるならば、彼の近くにいたいと思ってしまう。その矛盾に心の葛藤は大きくなるばかりだ。

極道の世界に身を置く者と、ただの一般人。

どこまでいっても交わることのない線と線の上に私たちは立っている。

そして、彼がどんなに細心の注意を図ろうと、これからもこんな風な目に遭うかもしれない、そう思うだけで真っ黒な闇に支配されていく。

このタイミングで母の笑顔が頭に浮かび、胸がギュッと締め付けられた。

もう大切な人がいなくなるのだけは嫌だ。

「朔？」

「ごめんなさい」

内を巡る感情が抑えきれず雫が頬を伝う。決してこんな姿を見せたくはないのに、溢れ出す想いは止められそうにない。

「……恭一郎さんの好きなご飯をたくさん作って、信じて帰りを待ちますから。……だから、どんなことがあっても必ず帰ってきてください」

「……朔」

私の頬を伝う涙を優しく拭う恭一郎さんは、困ったように笑い私を見つめてくる。

「生意気ばかり言ってすみません……。でも……、私にとって恭一郎さんは大切な人だから。生きていてほしいんです。自分の思いばかり押し付けて本当にごめんな……」

「謝るな。朔の思いが聞けて俺はうれしい。だから……約束する。必ず朔のもとに帰ってくる」

彼は私の言葉を遮るようにそう言い、自分の胸へと私を引き寄せて強く抱きしめた。

思いもしなかった恭一郎さんの行動に一瞬、頭が真っ白になり固まる。

「朔……」

ふいに名前を呼ばれてハッと我に返りそのまま恭一郎さんの顔を見上げると、彼の瞳が間近に迫り、互いの唇がそっと重なった。

唇に触れた尊い熱に戸惑いながらもキスを拒む理由はなくて、むしろこの甘い世界にもっと溺れていたいとさえ思ってしまい、そっと瞳を閉じた。

「……んっ……」

互いの唇を貪るように何度もキスを交わすうちに恭一郎さんが私をベッドに引き寄せて、私の上に覆いかぶさった。

宙で交わった瞳は憂いを帯び、また切なげにも見えて急に不安に襲われる。

「朔、すまない」

どうして謝るのだろうと彼を見上げようとして目を逸らした。

今のキスは気の迷いだったと言われるのが怖くて、頭に浮かんだ疑問を口にすることを躊躇《ためら》ってしまう。

「自分の気持ちを抑えようとしたが、もう無理だ」

降ってきた言葉は予想外のもので、思わず彼を見上げた。

「それは、どういう……意味ですか？」

不安と期待とが入り交じり、尋ねる声が震えた。

瞳を絡めたまま、舞い降りた沈黙。

シーンと静まる部屋とは対照的に、私の心臓はうるさいほどに鼓動を刻む。

「ずっとこの想いを伝えていいものなのか悩んでいたが、俺は……朔に強く惹かれている。朔のすべてを俺のものにしたいと子供じみた独占欲を抱くほどに愛おしくてたまらないんだ」

真剣な瞳が向けられる。静寂が破られると同時に初めて聞いた恭一郎さんの思いは、私の心の渇きを一瞬にして潤わせた。

目頭が熱くなるのを感じながら恭一郎さんを真っ直ぐに見つめ返していると、私の頬を撫でてから優しく身体を抱き起こしてくれた。

ベッドの上で互いに向き合うように座る形になり、再度、宙で瞳が交わる。恭一郎さんは私の左手をそっと手に取り、曇りのない真っ直ぐな瞳をこちらに向けた。

「朔のことが好きだ。どんなことがあっても必ず朔のもとに帰ってくる。絶対、朔のことを守り抜くから俺のそばにいてほしい。俺はこの先ずっと、朔とともにありたい」

そのまま左手の薬指にそっと口づけが落とされると、じんわりと心が温かくなり、ずっと探し求めていたものをやっと見つけたような気がした。

寝室の部屋のカーテンがゆらゆらと風で揺れている。少し開放した窓から、ほのかに舞い込む夜気が熱を帯びた身体を心地よく刺激する。

「朔……」

甘い声で名前を呼ばれるだけでもはや胸が高鳴る。そのまま情熱的なまなざしが降ってきて私の唇は塞がれ、ベッドにふたりの身体が沈んだ。

次第に息をつくのもままならないほどの熱いキスを交わすようになり、恭一郎さんの手が服の上から肌を這《は》う感覚に気づき、ビクッと身体を震わせた。

「もしかして初めてか？」

「……はい」

唇を合わせたまま、そう囁《ささや》かれた。

「そうか。できれば朔が怖がることはしたくないが、このまま続けて大丈夫か？」

恭一郎さんが動きを止め、心配そうに私を見つめる。

いつだって私を気遣ってくれ守ってくれようとする大樹のような人。

彼がいなかったら、私は今頃この世界にいなかったかもしれない。

そして、こんなにも優しい温もりがあることを知らずにいただろう。

相手が彼だからこそ、私は迷わずにこう言える。

「……続けてほしいです。恭一郎さんにならすべてを捧げてもいいって思えるから」

恭一郎さんに求められることが、そして、彼の手によってこれから女にされようとしていることがうれしいと心から思う。

「そんな風に思ってくれることも、朔の初めての男になれることもとっても光栄だ」

キスが再開される。

恭一郎さんの身体を覆っていたガウンがはらりとベッドに落ち、上半身が露《あら》わになると、肩に黒い龍《りゅう》と赤い桜が特徴的な入れ墨が現れた。だが、それよりも、片腕に巻かれた白い包帯が気になって、そこに意識が集中する。

「あの……傷、本当に大丈夫ですか？」

「ああ。平気だ」

ほどよく厚い胸筋に、六つに割れたセクシーな腹筋。男らしさが漂う鍛え上げられた上腕二頭筋からうっすらと見える血管の筋。線が細そうだと思っていたが、実際はそうではなかったことに驚きながら褒美のような甘いキスを堪能する。

そのうちにさきほどよりも情欲を孕《はら》んだ瞳が向けられ、その目に見つめられるだけで心臓が口から飛び出そうな感覚に襲われた。

「……ひゃっ……あっ……」

いつの間にか首筋を這い始めた唇が徐々に下方に落ちていく。

長袖のブラウスのボタンが上から一個ずつ外されていき、胸の中央辺りを直接、指で擦られ舌で転がされれば、自然と甘い声が漏れた。

むず痒《がゆ》いようなくすぐったいようななんとも言えない感覚。

行為のとき、本当にあんな甘い声が出るのだろうか、と疑問に思っていたが、実際に経験したそれは想像していた以上に刺激的だった。

「……あっ……んんっ……恭一郎さん、ああっ！」

スカートがめくり上げられショーツの中に潜った指先が秘部を何度もなぞると、さきほどよりも鮮烈な快感が身体を走り、思わず腰をくねらせる。そんな私の反応を見て恭一郎さんは一層私を甘く攻め立てた。

「朔、苦しかったら遠慮せずに言えよ」

静かに頷くと、熱く反り立ったそれが私の中にゆっくりと押し入ってきた。

緩やかな律動を刻まれる度に下腹部に鮮烈な痛みが走る。それでもその痛みさえも愛おしく思えて、素肌を合わせ抱き合うことがこんなにも幸せなことなのだと思い知った。

「……恭一郎さん！」

「朔っ」

互いの名を呼び合いながら次第に激しくなる律動。ときめくような高揚感を抱きながら、絡められた指先にギュッと力を込めた。

「傷、痛みませんか？」

「朔は本当に心配性だな。かすり傷だと言ったろ？」

恭一郎さんが笑みを浮かべ、私の頬を撫でる。

愛を確かめ合ったあと、その余韻に浸るようにベッドの中で恭一郎さんにケガをしたのとは別の方で腕枕をされながら穏やかなときを過ごしていた。

ふと彼の入れ墨に視線が伸びる。

綺麗だなと思う反面、龍の一部に一般人には到底あるはずのない銃痕があったことに気づき、胸がざわめいた。彼が生きる世界は、やはり私が生きてきた世界とは百八十度異なるのだという現実を突きつけられたような気がする。

「ぼーっとしてどうしたんだ？」

「いえ、なんでもありません」

わざわざ銃痕に触れることに気が引け、慌てて彼の身体から視線を逸らし布団を肩までかけ直した。

「もしかして足りなかったのか？」

いったいなにが足りなかったと聞かれているのだろうと、首を傾げながら恭一郎さんの様子を窺う。

「俺の愛情表現。もっと俺に抱かれたかったのかな、と」

「ち、違います！　もう十分すぎるくらい……た、堪能しましたから！」

「堪能？　随分と独特な表現だな。俺の身体は美味しかったか？」

私の額に自身のおでこをくっつけてきた恭一郎さんが意地悪っぽくそう言う。

「今のは、その、言葉のあやです。からかわないでください」

とっさに熱くなってきた顔を離すと、恭一郎さんがクスクスと笑いだした。

「なぁ、朔？　さっきの続きをしようか」

「さっきの続き？」

「朔があまりにかわいい反応をするから我慢ができなくなった」

戸惑っていると唇にそっと触れるくらいの軽めのキスが落とされ、彼が目じりを下げながら笑う。

こんな甘い顔をするなんて反則ですよ、恭一郎さん。

初めて見たその顔に思わず胸がキュンとなり、心臓が音を立てて主張し始めた。

「私、恭一郎さんに出会えて本当によかったです」

気づけばそんな言葉をつぶやいていた。

「いきなりそんなことを言ってどうしたんだ？」

背中に回った手が、私の身体を引き寄せる。

「あの日……恭一郎さんが声をかけてくれたとき。私、死のうとしてたんです。最愛の母が突然亡くなって……それを受け入れられなくて」

今ならあの日のことを伝えることができると思った。

「……そうか。それは辛かったな」

恭一郎さんは私を抱きしめたまま、静かに私の話を聞いてくれようとする。

真っ直ぐに私に向き合ってくれている恭一郎さんだからこそ、私も彼ときちんと向き合いたくて自分のことを話そうと初めて思えた。

「でも、恭一郎さんと出会って私は救われたし居場所ができたんです。感謝してもしきれないし、優しくて強くて、真っ直ぐな恭一郎さんが大好きです」

そっと彼の背中に自身の手を回すと、彼は私の手にギュッと力を込めながら、「これからは朔が世界で一番幸せだって思えるくらいに、俺の愛を伝え続けるから覚悟しとけよ」と耳元で甘く囁いた。

交錯する思い

あの日、橋の上にいた朔に声をかけたのは、今にも彼女が消えてしまいそうに感じたからだ。こちらを向いた朔は顔色が悪く、悲しい顔をしていた。

背中まである少し茶色がかったロングの髪は雨でびしょ濡れで、くっきり二重の大きな瞳は真っ赤に染まっていた。

恐らくずっとそこで泣いていたのだろう。百五十五センチにも満たない小さな身長と華奢《きゃしゃ》な身体の彼女。寒さからか肩を震わせていて、それはまるで帰る場所を失った捨て猫のように思えた。

俺の野性的勘が彼女は「俺と同類だ」と言っていて、どうしてもあそこに朔を置いて立ち去ることができなかった。

愁を始め、俺が家に人を連れて帰ることは今までも何度かあった。だが、女を連れて帰ったのは朔が初めてだった。

どちらかといえば、昔から俺はモテる方であったし、別に女に困っていたわけではない。

今まで出会ってきた女はどちらかといえば、派手で自信があって勝ち気なタイプばかりだった。

守ってやりたい。愛おしい。そんな感情を抱くことはなかった。

それが朔と出会い彼女の優しさや素直さ、また彼女から放たれる包み込むような温かい雰囲気に、いつの間にか惹かれていく自分がいた。

けなげに世話をしてくれて、毎日美味しい料理と温かい笑顔で迎えてくれる彼女。

朔といると心が穏やかでいられることに気が付いた。

だが、朔は未成年であったし、俺は朔より歳が七つも上だ。なにより俺が生きる世界に彼女を巻き込んでしまうことを躊躇った。いつ命を狙われるかも分からないこの世界に彼女を引っ張り込むことは、彼女自身を危険に曝《さら》すことでしかない。

俺の母のようになってほしくない。

それが一番の想いだった。

朔には伝えてはいないが、母は俺が高校生のときに家族で食事に出かけた際、覆面を被った男に銃で襲撃され、俺を庇《かば》う形で亡くなっている。

母はもともと小さな民間病院で医師として働いていて、ケガの治療で親父《おやじ》がその病院に入院し、主治医だった母と話すうちにふたりはいつの間にか恋に落ちたそうだ。

医師と暴力団。

善と悪。天使と悪魔。光と闇。

相反する場所にいるふたりが結ばれるにはたくさんの障害があったようだが、母が医師を辞め親父のいる世界に入る道を選び、ふたりは一緒になったようだ。

俺が医学の道に進んだのは、母の存在があったから。

襲撃事件で撃たれた母をただ見ているだけしかできなかった自分をすごく悔いたのだ。大学を出たあとに家業を継ぐ条件つきだったが、高校卒業後、俺が医学の道に進むことを親父は反対しなかった。いや、できなかったのだろう。

俺はもともと、親父が母をいつも付帯させることをよく思っていなかった。それでも、俺の思いを親父は聞き入れず常に一緒に行動する形をとり、結果的に母は命を落とした。そのことに親父は強い後悔と罪悪感を抱いているのだろうと思う。

母の死から、俺と親父の間には大きな溝ができている。

親子関係がぎくしゃくしながらも、仁さんが俺と親父の間に入り緩衝材的な役目を果たしてくれてうまく組を回している状態だ。

同じ傷を持つ俺と朔。

朔の母親が亡くなっていることは、朔と一緒に暮らすようになった早い段階から知っていた。俺が朔を別邸に連れて帰ったことを仁さんが知り、敵対する組のスパイの可能性なども含め、すぐに朔の身辺調査をしたのだ。

俺自身、彼女の痛みが分かるからこそ、その心の傷を蒸し返すことはしたくなくて、自身の母の死を彼女に伝えることができていない。

朔と暮らすようになってから、ずっと俺の中でいろんな葛藤があった。

それでもこの前、俺自身が襲撃に遭ったあの日、俺の頭に真っ先に浮かんだのは愛おしい朔の顔で、彼女の存在が俺の中でこんなにも大きなものになっていたのだと認識し、もう抑え込むことのできない思いを彼女にぶつけてしまった。

朔が俺を受け入れてくれて、こうやって彼女と生きる道を選んだからにはなにがあっても朔を守り抜いて見せると、強く誓う。

そして彼女が抱えてきた過去の呪縛を、本当の意味でいつか解いてあげたいと心から思っている。

＊＊＊

「恭一郎、傷の具合はどうだ？」

事務所でひとり、奥の部屋に籠もり仕事をしていると仁さんがやって来た。仁さんとは軽井沢の件で少しいざこざがあったが、まるでそんなことがなかったかのようにナチュラルな感じで俺に接してきた。

長身で端整な顔をしている仁さん。歳は三十代半ばで手足が長くスタイルもいい。一見、エリートビジネスマンにしか思えない。

彼が親父の裏でこの組の指揮をとっている桜木《さくらぎ》仁という男だ。俺は組織図でいえば組長である親父に次ぐ位置にいるわけだが、実質のナンバー2は仁さんだ。

俺にとって仁さんは兄貴的存在でとても尊敬している。親父との関係がかろうじて断絶していないのも、仁さんの存在が大きい。

「感染症も起こさず神経も無事だったので大丈夫です。いろいろと心配かけてすいません。軽井沢の件も自分勝手なことをしたと反省しています」

立ち上がり深々と仁さんに向かって頭を下げた。

「そうか。反省しているならば、今回はお咎《とが》めなしといこうか」

にやりと笑い仁さんが目の前の席に腰を下ろし、俺にも席に座るように手で示したので、ゆっくりと座った。

「ところで、今回の襲撃事件の黒幕だが……」

向けられたまなざしが鋭くなり、仁さんの顔から笑みが消えた。

「新渡戸《にとべ》組の回し者だろうと思ってます」

「自分でもあそこの組長の機嫌を損ねた自覚があるということか」

「……はい」

新渡戸組とは、この辺りで一番力がある大きな組織だ。

「頭がいいおまえならば、こうなることはなんとなくでも察しがついただろうに、どうして新渡戸組の組長の娘との縁談を断ったんだ？」

「それは……」

最近の俺はその問題で頭がいっぱいで、ほぼ口を利いていなかった親父とも久しぶりに衝突した。

縁談のことはもちろん朔には伝えていない。そんな話が出ていることを朔が知れば、余計な気遣いをすることが目に見える。

俺は新渡戸組の組長との会食の場で縁談の話を断った。それが向こうの逆鱗《げきりん》に触れ、あの襲撃事件に繋がったと見ている。

俺を襲撃したやつは、俺を本気で殺そうとしていたわけではない。

あの動きはプロだった。だから、あの間合いに入って来た時点で俺に致命傷を負わすことなど、たやすかったはずだ。それなのにやつはわざと腕を傷つけるに留めた。あれは俺への警告だったに違いない。

仁さんに縁談を断った理由を問われて朔の顔が思い浮かんだが、それを口にしてしまえば仁さんがなにかしらのアクションを起こすのではないかと躊躇った。

「まだ自由でいたいというか。家庭とかそういうのに縛られたくないんですよね。俺、正直に言うと彼女のことも苦手ですし」

苦し紛れの言いわけに仁さんが、フッと笑ってから軽く溜め息《いき》を吐いた。

「恭一郎は罪な男だな。あんなにも分かりやすくアピールするほど、菜月《なつき》さんはおまえにご執心だというのに」

仁さんの口から出た「菜月さん」とは、新渡戸組の組長の娘のことだ。幼い頃からよく組の集会の際に菜月とは顔を合わせていた。俺よりも四つ下だっただろうか。わがままで気分屋で自分の思い通りにならないと気が済まない、そんな女だという印象。

それでも、ひとつだけ彼女の気持ちを理解できたことがある。それはこの極道に生きる親のもとに生まれたことで、不遇な扱いを受けることが多かったこと。

親が極道である、それが理由でクラスメイトに煙たがられ一線を置かれることは日常茶飯事だった。それでも、俺には理解してくれる友人がいたから、グレずにここまで来られたのだろうと思う。でも、菜月にはそんなやつはいなかったようで、学校でいじめられ居場所がなかったようだ。

そんな彼女の状況を俺が知っているのは、彼女がクラスメイトに嫌がらせを受けている現場を偶然見て、一度だけ助けてやったことがあったから。あとで彼女から聞いたのだが、そのことをきっかけに彼女が俺を慕うようになったように思える。

でも、菜月に対して恋愛感情というものはないので、縁談を受け入れるという選択肢は俺の中にない。彼女に抱く感情はきっと同情に近い。

なによりもうちの組と新渡戸組には因縁がある。

「そもそも相手は俺じゃない方がいいと思うんです。新渡戸組とうちは過去にいろいろあったわけですし」

もともとうちの組は新渡戸組の一員であった。だが、内部抗争が勃発。組長と一部の幹部が衝突し、新渡戸組は分裂した。

そのときに新しく大河《たいが》組を立ち上げたのが長谷部《はせべ》いう男だった。のちに大河組から分離し、俺の親父を組長とした遠谷組ができることになるわけだが、そうなってしまったのにはいろいろと複雑な理由がある。

親父は長谷部によく目をかけてもらっていたため、そちら側につき新渡戸組を去った身だ。新渡戸組の組長からしてみれば、いわば裏切り者ということになる。

その息子と自身の娘を結婚させるというのは、いささか信じられない話だ。だが、それを阻止しようと仁さんが動かないということは、きっと親父を含め遠谷組の組員が好条件で新渡戸組に復帰できるということなのだろうと推測する。

「娘の頼み事だから向こうの組長もおまえに目をつけたんだろうが、それだけが理由ではないと俺は思っている」

「他にも俺が選ばれた理由があるんですか？」

意外な話に俺は目を丸くする。

「おまえの存在を恐れているというのが一番の理由だと思う。不安要素は徹底的に排除する。それがあの人のやり方だ」

俺のことを恐れているという仁さんの発言は見当違いもいいところに思え、フッと笑いながら首を横に振り否定した。

「小さな組の若頭にいったいなにができると言うんですか？　そもそも俺は抗争など起こす気もないですし」

「恭一郎は医学の道にも長《た》けている秀才。なにより人を惹きつけるオーラがある。内外問わず、おまえに憧れているやつは多い。おまえが声をかければそれなりの人を動かせるはずだ。そうなればそれは新渡戸組にとって脅威になる。それにおまえは先々を見通す力がある。うちの組が分裂騒動のさなか、うまくやってこられたのはおまえの助言があったからだ」

仁さんが真横の棚に飾られていた、親父と遠谷組の組員たちが一緒に写った写真を手に取り感慨深げに見つめる。

「俺のことを買いかぶりすぎですよ」

俺はそれを再び否定し、作業途中であった目の前のパソコンに視線を向けた。

「いや。これは紛れもない事実だ。大河組から離脱するタイミング、新渡戸組と大河組のどちらの味方もせず中立的立場を取る道を選んだおまえの判断は的確だったと俺も思う」

写真立てを戻してから仁さんがこちらに真剣なまなざしを向けてきた。

確かに九年前の十七歳のとき、俺は若造でありながらも親父にそう助言した。そうすることでしか組の皆の命と生活を守れないと思ったのだ。

新渡戸組と長谷部の対立抗争がひどくなる中で、長谷部が立ち上げた大河組は戦力を失い、組の資金も底を突き始めることになった。

焦った長谷部は無理に勢力を拡大しようと小さな組に抗争をしかけて脅したり、法に触れるような商売、そしてフロント企業のひとつである城星《じょうせい》ファイナンスで阿漕《あこぎ》な取り立てを始めた。

人情や義理を大切にしてきた親父にとって、長谷部の高圧的で無慈悲な行動は到底許されるものではなかった。それは親父以外の組員も感じていたこと。

俺自身も納得がいかず、俺は時期を待って長谷部たちと距離を取るように親父に助言したのだ。

そして、親父を慕う組員とともに大河組を離脱し遠谷組を立ち上げ、波風が立たないように新渡戸組、大河組のどちらの側にもつかなかった。中立の立場を取り、そうすることで標的にされることを避けた。

そんな行動を取ったのにはもうひとつ理由があった。それは警察組織への対抗だ。

暴力団対策法の効力があるのは、指定暴力団のくくりに属した場合だ。そこから一線を画し、独立組織として存在すれば警察は手出しができない。

つまりは独立することで暴対法の規制から除外されるメリットがあった。そうなればグレーではあるが、シノギ活動ができ資金繰りには困らずに組を維持することができる。

そうやって今まで遠谷組はなんとか存続してきた。

それなのにここに来て新渡戸組が動きだし、うちの組の復帰を目論《もくろ》んでいる現実に俺は最近頭を抱えてきたのだ。

「少し冷静になって考えろ。おまえが己の意志を貫くとすれば、うちの組長が引退し組を廃業にでもしない限り、新渡戸組の報復を受け抗争が勃発する。そうなれば、多くの血が流れるだろう」

仁さんのどこか冷酷な目が俺を射貫く。

冷静になって考えろと言いながら、それに続く言葉は半ば脅しだ。

組のことを思う仁さんの気持ちはよく分かる。俺だってそうだ。血が流れるのは避けたい。

大切な誰かがいなくなるのはもうたくさんだ。

でも、俺は——。

胸の内にあるこの燃え滾《たぎ》る熱い思いを止められそうにない。

＊＊＊

今日も一日が終わろうとしている。愁が運転する車の窓からぼんやりとオレンジ色に染まった空を見つめる。

「ねぇ、愁？」

「なんすっか？」

「最近、恭一郎さん、元気がないように見えるのだけれども、なんかあったの？」

「……いや、俺は知らないっす。考えすぎかもしれないっすよ」

愁はそう答えたけれど、チラッとミラーに映った愁の瞳には動揺が色濃く表れていて、やっぱり恭一郎さんになにかがあったのだと悟った。

もしかして敵対組織との抗争が始まってしまうのだろうか。ふとそんなことが頭をよぎり不安になる。

そうなったら恭一郎さんは、この前以上の傷を負う可能性だってある。

どうしたら彼の支えになれるのだろう。

答えが出ないまま家に着き、愁がガレージの電動シャッターを開けようとしたそのときだった。

後方に黒塗りの一台の高級車が停まり、そこからひとりの人物が降りてきたのが見えた。

「仁さん……？」

愁が驚いたような顔をして後方を振り返る。

仁さんって、あの仁さん？

あの日、軽井沢で愁を怒鳴っていた状況を思い出した。

愁は慌てて車を降り、その男性に向かって深々と頭を下げる。

私はどうしたらいいのだろう。出ていって挨拶をした方がいいの？

でも、変にしゃしゃり出ない方がいいのかもしれない。

いろんな思いが頭を駆け巡り、結局、答えが出ずに車の中からふたりの様子を窺う形になってしまっている。

次の瞬間、ガチャッと私の乗る後部座席のドアが開く音がして、意識がそちらに流れた。

「初めまして。桜木仁と申します」

この人が、仁さん……。

宙で瞳が絡まり心臓が激しく打ち鳴った。

眉目秀麗なその容姿。口元には笑みを浮かべているが、私を見つめるまなざしの奥にはどこか冷たさが宿っているように思えて、警戒心を抱かずにはいられない。

「……初めまして。西野朔です」

その動揺はあからさまに表に出てしまい、声が震える。

「いきなり押しかける形ですみませんが、朔さんとお話がしたくて参りました。少しお時間をいただけますでしょうか」

まさかの彼からの提案に目を丸くし息を呑んだ。

「じ、仁さん。もうじき恭さんも帰って来ますし、また後日でも……」

「愁、おまえは黙ってろ」

とっさに愁が割って入ってくれたが、仁さんは聞く耳を持たずといった感じだ。

「恭一郎は今日、帰りが遅くなるはずだ。俺の代わりに会合に出てもらっているからな」

仁さんが愁の方を振り向き、低く苛立《いらだ》ちが滲む声でそう言った。

「そう、なんですか……」

愁の怯《おび》えたような表情が見て取れる。仁さんがどんな顔をしているか私がいる場所からは分からないが、愁の顔を見れば推測がつく。

恭一郎さんが帰って来られないように会合に行かせたことは、仁さんの計画のうちということか。きっとこの人は、私とふたりで話すところを恭一郎さんには見られたくないのだと確信した。

あまりよくない話のような気がしたが、ここで拒否してもまた彼は私にコンタクトを取ってくるに違いない。

「分かりました。お話を伺いたいと思います」

それ以外の選択肢をなくした私は覚悟を決め、車から出た。


仁さんの車が私を後部座席に乗せてゆっくりと走りだす。さっきまでオレンジ色に染まっていた空が影を潜め、気づけば夜の帳《とばり》に包まれ始めている。

それは不安に駆られ、今にも黒い闇に引き込まれそうになっている私の心情を表しているかのようだ。

私を見送る愁は最後まで心配そうな顔をしていた。仁さんと私が接触したことは他言しないようにと、何度も仁さんが愁に念を押していた光景が頭に浮かぶとともに、車内にほのかに漂う、普段嗅ぎ慣れないホワイトムスクの香りがやけに鼻につき心の戸惑いを増幅させていった。

「さきほどは突然、失礼しました」

最寄り駅の立体駐車場に車を停めた仁さんがミラー越しにそう言い、こちらに向かって頭を下げた。

「……いえ。それでお話とはなんでしょうか？」

毅然《きぜん》とした態度でそう答えたが、この張り詰めた独特な雰囲気にすっかりと呑まれ、本当は心臓がバクバクと波打っていて一刻も早くこの場を離れたいのが本音だ。

それでもこんな私にもちっぽけなプライドがあるらしく、一生懸命に平静を装う。

「それではさっそく本題に入りましょうか」

彼がシートベルトを取り、本格的にこちらに身体を向けて話しだした。

「随分と恭一郎があなたに入れ込んでいるようですが、私としては……いや、遠谷組としては、それをおいそれと認めるわけにはいかない状況なんですよ」

あからさまに溜め息を吐き、彼は敵意を含んだようなまなざしで私を真っ直ぐに見つめてくる。私のことが気にくわないと言われているのは理解できたが、それは私が一般人だからなのか、それとも別の理由があるからなのか分からずに戸惑っていると、彼は再び静かに口を開いた。

「実は今、恭一郎に縁談が持ちあがっているんです。相手はこの界隈で大きな力を持つ組の組長の娘です」

「え？」

そんな話は恭一郎さんから聞いていなくて、心臓がどよめいた。

寝耳に水とはまさにこういうことを言うのだろう。もはや平静を装うことなんかできなくて大きく目を泳がせる。

「やはり聞いていませんでしたか」

「……はい」

私の様子からすぐにそう感じ取った仁さんが静かにふぅーっと息を吐いて一瞬だけ窓の外に瞳を向けてから、再度、私に視線を戻した。

「恭一郎はあなたのことが好きだから、その縁談を断った。それが向こうの組の組長の逆鱗に触れ、あの襲撃事件が起きたんです」

「……っ」

そんな背景があったなんて思いもせず、いつの間にか顔が強張《こわば》っていく。その顔を見られたくなくてとっさに俯いた。

「恭一郎があなたに強く惹かれるのは、自分と同じ傷を持つあなたを放っておくことができなかったから、だと思っています。もしくは自身の母親の面影をあなたに抱いているのではないか、と」

「……それはいったいどういう意味ですか？」

仁さんが放った意味深な言葉にそう聞き返さずにはいられなくて、俯いていた顔を上げ彼の方を見た。

「失礼ですが、組の安全面を考慮してあなたの素性を調べさせてもらったんですよ。それで知ったのですが、あなたは不審死という形でお母様を亡くされていますよね？　もちろんこのことは恭一郎も知っています。もっと言えば、恭一郎自身も過去に家族でいるところを襲撃され、その際に母親を亡くしているんです」

あの日、肉じゃがを食べていたときに恭一郎さんが言っていた『母は遠くにいる』の意味がこんな形で分かってしまったことに心臓が軋《きし》みをあげる。

あまりの衝撃にうまく言葉が出て来なくて唇をギュッと噛むと、いつの間にか溢れだした涙が頬を伝って落ちていった。

「恭一郎は朔さんに執着し、あなたのことになるとタガが外れたように冷静さを失う。あの日も勝手な行動を取りあなたを軽井沢に匿《かくま》い、恭一郎自身も本当は入院をしなければいけない身体だったのに、朔さんの身を心配し医師の制止を無視してあなたのもとに向かった。それがどういうことを意味するか分かりますか？」

彼の力になりたいと思っていたが、逆に私がいることで彼をこんなにも危険な目に遭わせてしまった事実に動揺を隠せず、ブルブルと身体が震えだした。

「あなたが恭一郎のそばにいることは百害あって一利なし。あなたは恭一郎の最大の弱点でしかないのです。このまま一緒にいたら恭一郎が命を落とすことになるかもしれない。それだけは阻止したいんですよ」

なにも言い返すことができなかった。仁さんに言われた言葉が鋭いナイフとなって心に突き刺さる。

「こんなことを言って申し訳ないが……恭一郎のことを思うならば、彼の前から消えていただきたい」

仁さんがそう言って私に向かって深々と頭を下げた。

……そして、この三日後。

私は悩みに悩んだ挙句、黙って恭一郎さんの前から姿を消したのだ。

＊　＊　＊

絶望の中で辿《たど》りついたのが、東北地方の静かな山合にある温泉街だった。そこはかつて高校時代の夏休みに母とふたりで旅行した思い出の地。

この先、どうしたらいいのだろうと自問自答する中、偶然泊まった小さなアットホームな宿で従業員募集の張り紙を見て、そこで仲居として働き始めることになる。

そして、働き始めて一か月半が過ぎた頃、調理場や匂いの強い場所で度々強い吐き気に襲われて自身の体調の変化に気づくことになり、それがきっかけで病院を受診し自身が妊娠していることを知った。

その日のことは今でも鮮明に覚えている。

戸惑いや不安よりも喜びの方が大きくて、絶望にいた私に一筋の光が差し込んだような気がした。そして、そっと自身のお腹に触れながら、なにがあってもこの命を守り抜くと心に誓ったのだ。その地でそのまま仲居として働き、子育てにとても理解のある旅館のご夫婦の協力を得ながら星来を育てていた。

やっと生活も落ち着いてきた矢先のこと。旅館の閉業を機に生まれ育った東京に戻ることになったのは、運命というものだったのだろうか。

そして、今日も私は激動の波に呑まれていく。

運命というものは本当に残酷で、また試練と衝撃の連続なのだということを身に染みるほどに実感している。

甘く一途な求愛

外は日が暮れ始め、街灯の光がゆらゆらと揺れている。

約四年ぶりに再会した彼はあの頃みたいに美しく、優しく、真っ直ぐなまま。

あのとき、きちんと自分の中で気持ちの整理をつけたはずだった。それなのに、彼を目の前にしてこんなにも心が動揺するなんて自分でも意外だった。

「寒くないか？　寒いなら暖房を入れるけど」

「だ、大丈夫です」

こんなさりげない気遣いも昔のままで、胸が疼く。

疼きが大きくなるのを感じているとミラー越しに彼と目が合い、とっさに逸らしてしまった。

行き場を失った瞳を再び窓の外に向ける。

普段見慣れたその景色。

もうじき星来の保育園に着く。

星来になんて説明をすればいいの？　お友達とでも伝えておく？

まだ疑う心を知らない年頃なので、今日のところはそれでごまかせるかもしれない。

妙な緊張感に襲われながら保育園近くの公園の駐車場で車を降り、保育園へとひとり向かう。さすがに保育園の駐車場には車を停めることをしなかった恭一郎さん。

それは私への配慮だろう。先生や他の保護者に見られてはいろいろと困ることもあるのは事実だ。

「ママ〜！」

私の姿に気づくと、星来がニコリと笑いながら私のもとへと駆け寄ってきた。

「遅くなってごめんね」

「いいよ。おしごとおつかれさま」

星来がそう言って私の手をギュッと握った。

倉橋先生に挨拶をして保育園を出ると、ちょっと離れたところに恭一郎さんの姿があり、私たちの姿に気づくとこちらに向かって歩を進めてくるのが見えた。

帰りも恭一郎さんの車に乗るわけにはいかない。逃げる口実を考えようと必死だ。

どうしよう。

どうしたら……。

次第に鮮明になっていく彼の姿に比例するように、私の心臓の鼓動も大きく波打つようになっていく。

「星来くん、久しぶり」

神の一手となるべく方法が思い浮かぶわけもなく、先に声をかけてきたのは彼の方。恭一郎さんが星来の前にしゃがみ込んだ。

「あ！　おいしゃしゃん！」

星来は一瞬きょとんとした表情をしたが、恭一郎さんの顔を覚えていたらしい。うまく発音ができていないが、恐らく『お医者さん』と言ったのだろう。

ニコリと笑って彼を見つめ返すと、星来は自分から恭一郎さんの方へと近づいた。

「どうして、ここにいるの？」

ふと星来がそんな疑問を口にした。

「偶然、星来くんのママとそこで会って。星来くんを迎えに行ってから三人でご飯に行こうかって話に……」

「ち、ちょっと恭一郎さん！　それは……」

恭一郎さんの暴走に慌ててふたりの間に割って入る。今日はずっと驚かされてばかりで心臓が騒々しい。

「ママとおいしゃしゃんは、おともだち？」

星来を見れば、その瞳は恭一郎さんと私を行ったり来たりしている。

「えっとね、その……」

なんて答えるのが正解か分からなくて、返答に困ってしまい言葉を失う。

「ママ、おいしゃしゃんのこと、きょう……しゃんってよんだ」

思わぬ発言に驚き、ハッとして星来に目を向けた。

星来はまだ世の中のことはよく分からないが、たまにこうやって鋭い発言をすることがある。今までも驚かされることが時々あったけれど、今日ほど心を乱されたことはないかもしれない。

「おともだちだから、なまえしってるの？　せら、おともだちのなまえ、たくしゃんいえるよ」

ニコッと笑う星来の頭を恭一郎さんが優しく撫でた。

「そうだよ。ママとお医者さんはお友達なんだ。星来くんもお医者さんとお友達になってくれるかい？」

「うん。いいよ！」

止めに入る間もなく、ふたりはお友達になってしまった。唖然《あぜん》とする私の前でふたりが握手を交わしニコリと微笑み合う。

「ありがとう。じゃあ、お友達記念のお祝いにご飯を食べに行こうか？　星来くんはなにが好き？」

「ママのハンバーグ！」

「そうかそうか。ママは料理上手なんだな？　お医者さんもいつか食べてみたいな」

どんどん話が進んでいくことに戸惑いを隠せず、恭一郎さんに目で訴えるが、彼は私に向かってふわりと微笑むだけ。

「いいよ。いまからおうちくる？」

「ち、ちょっと星来！」

さすがにそれはまずいと思い、とっさに口を挟んだ。

ふたりの視線が一気に私に集中する。

「星来、今日は無理だよ。ほら、材料とかも揃《そろ》ってないから食べるのが遅くなっちゃうし」

本当はそれが理由ではないけれど、まさか星来に本当のことは言えなくてとっさにそう答えた。しゃがみ込み星来の顔を覗き込むと、星来は納得がいかないという瞳をこちらに向けてきて頬を膨らませる。

「せら、おいしゃしゃんに、ママのハンバーグ、たべてほしい！」

このままだと駄々《だだ》を捏《こ》ねだしそうなので、星来を宥《なだ》めようと手を伸ばしたそのときだった。

「ハンバーグは今度、みんなが休みのときに買い物に行って一緒に作ろうか。みんなで作ったらもっと美味しいし楽しいかも。お医者さん、星来くんと一緒にハンバーグを作りながらお話もしてみたいな」

恭一郎さんが私の横にしゃがみ込み、星来の頭をポンポンと触った。

「いいよ。こんど、いっしょにつくろう。やくそくだよ」

星来は少し考えたあと、そう答え右手の小指を恭一郎さんに向かって差し出した。

「ああ、約束だ」

恭一郎さんは自身の小指を星来の小指に絡め、目を細める。

「なら、今日は三人でどこかにご飯を食べに行かないか?」

「うん、いく～!」

少し前まで機嫌を悪くしていたのに、それがまるで錯覚であったかのように星来は笑う。

スッと星来の心に入っていった恭一郎さんを見てなにかを感じずにはいられず、ふたりを見つめながら胸の奥が熱くなっていくのが分かった。

「星来くんはママのハンバーグの他に好きな食べ物はある？　お医者さんは、肉じゃがとかカレーが好きなんだ」

「おんなじだ～！　せらも、にくじゃがしゅき～！　カレーも～！」

「そうかそうか。気が合うな。そろそろレストランに出発しようか」

「うん！　しゅっぱつしんこう～」

恭一郎さんが再び大きな手を差し出すと、星来はなんの躊躇もせずにその手を取った。そして、私にもうひとつの手を差し出してきたので、そっと星来の手を握る。

戸惑っているのはきっと私だけ。ふたりは楽しそうに会話を交わす。

三人で手を繋ぎながら歩く姿は、傍目から見れば普通の家族に見えているのかもしれない、ふとそんなことを思いながらふたりに目をやった。

＊＊＊

空からはハラハラと雪が舞い降り、街中は間近に迫ったクリスマスのイルミネーションに彩られている。

恭一郎さんと思わぬ再会を果たして数週間が経ち、私の生活は少しずつ変わりつつあった。

「あのイケメンなスーツを着たお客さん、最近頻繁にお弁当を買いに来ますよね？」

「ん？　そうだね」

お昼の忙しい時間を乗り切りバックヤードで休憩を取っていた最中、同僚の富川《とみかわ》那《な》奈《な》が話を振ってきた。

那奈は私とほぼ同時入社した女の子。歳は私よりふたつ下。K－POPをこよなく愛する今どきの子だ。小柄で華奢で天真爛漫《てんしんらんまん》、また人懐っこく、私が職場で一番仲よくしている人物でもある。

彼女がさきほど言った、スーツを着たお客さんとは恭一郎さんのことだ。実はあれから恭一郎さんはちょくちょくひだまりキッチンに顔を出す。

「あの人、絶対、朔さんに気がありますよ？」

「え？　まさか。変な冗談はやめて」

思わずそう否定したが、頬が熱くなる。

「あの朔さんを見つめる目！　あれはもうマジだと思います」

にやりと那奈が笑うので、とっさに俯いてしまった。

あの日、三人で食事をした最後に、彼から連絡先を渡された。

でも、いろいろと思うところがあり、連絡することを躊躇っていたら恭一郎さんはお弁当を買いに来るようになったのだ。

恭一郎さんとカフェで話した日、「またいきなり職場に来られても困る」と伝えたものの、それはもはやなかったことになっているに等しい。あの日、結果的に一緒に食事に行ったことで、私たちの間にあるはずの壁はすでに崩壊していて、彼のペースに呑み込まれていっているような気がする。

彼は店で話しかけてはこないが、周りにも勘付かれるほどにアピールをしてくるから内心すごくハラハラしている。

「実は、あのスーツの男性は……星来が事故に巻き込まれそうになったときに助けてくれたお医者さんで、この近くで働いているみたいでお弁当を買いにくるようになっただけで……」

「あー！　こないだ話してたやつ！　あの彼、助けてくれた人だったんですね」

合点がいったとばかりに那奈が頷く。やっと納得してくれたようなので、ほっと胸を撫で下ろしたのも束の間《つかま》。

「それこそ運命的じゃないですか！」

予想外の言葉が返ってきて瞬きを繰り返しながら那奈を見れば、目を輝かせる彼女の姿がある。

「運命？」

「そうですよ！　ああ、ドラマみたいな展開で素敵～！　朔さん、めっちゃ美人だからきっと彼、惚《ほ》れちゃったんですよ。次回、彼が来たら私、そっとバックヤードに行くので、ふたりの時間を楽しんでくださいね」

どこまでも私と恭一郎さんをくっつけようとする那奈を前に、私はただただ苦笑いを浮かべるしかなかった。

数日後、恭一郎さんはまたお弁当を買いに来た。昼のピーク時を過ぎていたので店内に他にお客さんはいない。那奈はにやりと笑いレジから離れ、あの日公言した通りバックヤードへと向かっていった。

こうなれば、私がレジをするしかない。チラチラと彼の様子を窺いながらレジに立つタイミングを計っていた。

「すみません。お願いします」

「あ、はい」

慌ててレジに向かえば、彼がクスッと笑って戸惑う私を見る。

「いつになったら連絡をくれるんだ？」

小声で彼が囁いた。

「それは、その……」

カァーッと顔が熱くなり鼓動が速くなるのを感じながら、彼がカウンターに置いたお弁当を袋に入れる。

「星来くんとの約束を早く果たしたいんだけどな」

「約束……？」

「ハンバーグを一緒に作るってやつ。それから実は遊園地に行く約束もした」

にやりと笑う恭一郎さんを見て私は目を丸くした。

「約束は果たすためにあるものだろう？　星来くんにも一度、聞いてみて。もし彼が会いたくないと言ったら、そのときは潔く諦めるから」

と言葉では言いつつ、彼の瞳にはどこか自信がみなぎっているように見えた。

その日は彼が店を去ってからも恭一郎さんのことで頭がいっぱいだった。

再会してから彼は一度も星来の父親について聞いてこない。それを問われるのが一番怖かった私にとっては、都合がいいけれども。

自身が星来の父親であると確信しているから敢えて聞いてこないのか、それとも他になにか理由があるのか。

いくら考えても、彼に直接聞かない限りその答えは出なくて、重い溜め息が漏れた。

恭一郎さん自身、家業を継いでいると勝手に思い込んでいたが、実際は自身の母親と同じ医師の道を選んだようだし分からないことだらけだ。

そもそも縁談はどうなったのか。

彼がもしも結婚していたとすれば、奥さんを裏切るようなことをする人ではないと思う。指輪もしていないようだった。

私が出ていったあと、いったいどんなことがあったのだろう。

彼の置かれた状況は、私が思っていたものとは百八十度違っていた。

空白の四年というものは思った以上に大きすぎて、心と身体がついていけない状況だ。

「ママ～」

その日、夕飯を作っていると星来がやってきてエプロンの裾を引っ張ってきた。

きっと『お腹が空いた』の催促だろう。

「お腹が空いたんだよね？　もうちょっとできるから待っ……」

「まだすいてない」

星来は首を横に振りながらそう答え、私を真っ直ぐに見上げてくる。

「じゃあどうしたの？」

手を止めて星来の顔を覗き込んだ。

「きょうちゃんとつぎ、いつあえる？」

このタイミングでの質問に私が動揺したのは言うまでもなくて、鼓動が激しく打ち鳴った。

〝きょうちゃん〟とはもちろん、恭一郎さんのことだ。あの日、すっかり仲よくなったふたりは、食事が終わる頃には互いを〝きょうちゃん〟〝星来〟と呼ぶようになっていた。

ふたりは親子だと互いに知らないが、やはりなにか通じるものがあるのかもしれないと思わずにはいられない。

「……星来は恭一郎さんに会いたいの？」

「うん！　あいたい！　きょうちゃん、やさしくておもしろい。せら、きょうちゃん、しゅき！」

即答だった。その顔には笑みまで浮かべている。

ふたりは互いに会いたがっている。

本当の父親に会わせないようにするのは、私のエゴでしかないのだと思うと、申し訳なくて心が痛む。

恭一郎さんの今の状況が分からないことで、勝手な想像から不安や戸惑いが生じているのもあるが、なにより再会したあの日、彼が真剣なまなざしを向けながら「二度と離す気はない」と言い放ったことが大きいのかもしれない。

少なからず私と星来との未来を考えてくれているということ。

今はまだいろいろと心の整理がつかず、彼と向き合うことができないでいる。そんな状態で恭一郎さんと会うことは失礼だし、また怖いとも思っていた。

でも、誰よりも大切な息子に恭一郎さんに会いたいと満面の笑みを浮かべて言われれば、心が動かずにはいられなかった。

「……分かった。恭一郎さんに聞いてみる」

「わぁーい！」

ピョンピョンとうれしそうに星来がジャンプする。星来の中ではきっと、すでに恭一郎さんと会えることになっているに違いない。

再び恭一郎さんと出会ってしまったからには、逃げずにきちんと彼と話をしなければいけないのだと思う。

その先を考えるのは、それからにしよう。

そう心に決めて携帯を手に取り、恭一郎さんに電話をかけた。

＊＊＊

そして二週間後、そのときはやって来た。

街中が赤や緑に彩られ、耳には陽気なクリスマスソングが届く。それは私が今いるこのテーマパークも例外ではなくて、カップルや家族連れで賑《にぎ》わい、高揚感に包まれていた。

「星来、寒くないか？」

「さむくない！　クマさんのぼうしと、てぶくろあったかいの」

「そうか。とってもよく似合ってるぞ」

恭一郎さんが褒めると、星来は満足げにはにかんだ。

しばらく三人で並んで歩いていると、中央広場に高くそびえ立つ、それが見えてきた。

「きょうちゃん、みて~。おっきいツリー!」

星来が興奮気味に叫び、テーマパークの中央広場にある大きなクリスマスツリーを指さした。

「本当だ。すごく大きいな。しかもとっても綺麗だな」

「キラキラ、きれい」

星来が上に伸ばした両腕を左右に振り、茶目っ気たっぷりにお星さまのポーズをした。それを見た恭一郎さんは目じりを下げて笑う。

しばらくふたりの様子を窺っていると、星来を見つめていた優しいまなざしが、私の方へと動いた。

「朔、今日は時間を作ってくれてありがとう」

「こ、こちらこそありがとうございます」

普通にしようと思っていてもどこかぎこちなくなってしまうのはきっと、仕方がないことだ。

奇《く》しくも今日は十二月二十四日。仕事の休みが合ったのがたまたまこの日だったというわけなのだが、なにか深い因縁を感じずにはいられない。

ふと、昔の記憶が蘇《よみがえ》る。

恭一郎さんと一緒にいた頃、初めてふたりだけで出かけて素敵なレストランで食事をして、その最後にサプライズであのネックレスをもらった日のことをぼんやりと考えていた。

実は今でもあのネックレスを持っていて、寝室にあるチェストの一番上の棚にそっとしまってあることは私だけが知っている秘密だ。手放そうと思ってもそれができなかったのは私の中に未練が残っていたから、かもしれない。

「朔、荷物持つよ」

「え？　大丈夫ですよ」

恭一郎さんの穏やかな声色が届き、ハッと我に返った。

「いいから。貸して」

恭一郎さんが私の背中のリュックを手に取り、それを片側の肩にかけて歩きだす。

「いつもこんなに重いものを背負っているのか？」

「これでもだいぶ持ち物が減った方なんですよ」

そう言うと、恭一郎さんは一瞬、驚いたような表情を浮かべてから、そうなのかと言って何度か頷いた。

星来がもっと小さいときはおむつやらミルクやら着替えなど、今よりも多くのグッズを持ち歩いていた。それに慣れていたから重さにも麻痺《まひ》していたのかもしれないと、ふと思いながら恭一郎さんの綺麗な横顔を見上げた。

中央広場を経て奥にあるアトラクションエリアに着くと、星来を真ん中に挟んで三人で手を繋いで歩きだした。星来はとてもテンションが高くてずっと恭一郎さんに話しかけている。

「きょうちゃん、みて！　ひこうきかっこいい！」

「そうだな。あれに乗るか？」

「ううん。せら、おうまさんにのりたい」

「おうまさん？」

恭一郎さんが一瞬、首を傾げながらはしゃぐ星来を見つめる。

「くるくるまわるやつ！」

「あ！　メリーゴーランドのことか」

「うん！　おうまさんカッコいいの」

恭一郎さんはすぐに星来の思いを汲《く》み取ってくれた。この間、食事をしたときもそうだったが、恭一郎さんは子供の扱いに慣れているように思える。

「せら、あのおうまさんがいい！」

「あの青いやつか？」

「うん！」

メリーゴーランドの列に並び、自分の番が来ると星来は一目散に目当てのおうまさんに向かっていった。

恭一郎さんが星来を軽々と持ち上げて馬にまたがせる。

「ママはとなりのばしゃにのって！」

「うん。分かった」

言われるがままにオレンジ色のかぼちゃの馬車へと腰を下ろすと、隣では恭一郎さんが星来の身体を支えながら楽しそうに談笑しているのが見えた。

音楽が流れ始めメリーゴーランドがゆっくりと回り始める。

キャッキャッと星来がはしゃぐ様子がなんだか新鮮に思えた。

思えば、星来とふたりで遊園地に来たときは、いつも恭一郎さんの立ち位置にいる私。それが今日はこんなにも余裕を持ってカメラを構えながら、楽しそうに笑う息子を撮影できていることに喜びを感じている。

星来ってば、本当にうれしそう。

自然とこちらまで頬が緩み、幸福感が募っていくのが分かる。

星来が楽しそうにしていると私もうれしい。

星来が悲しそうにしていると私も辛い。

星来が辛いときは私が一番の味方でありたい。

星来のこの笑顔を守ること。

それが私の役目。星来のためならば、私はなんだってする。

そのくらい星来は私にとって愛しくて大切な存在なのだから。

「星来、こっち向いて」

私がカメラを向けると、星来がポーズを決め込んでこちらを見てどや顔をする。

その姿がたまらなくかわいくて再び口元を緩ませながら、夢中でシャッターを押し続けた。

「本当に綺麗だなぁ」

ふと、そんな言葉を吐くと宙に白い息が消えていった。

段々と日が暮れ始め一段と寒さが厳しくなってきたが、辺りが暗くなり始めたことで、クリスマスのイルミネーションが眩《まぶ》しいくらいにより一層輝きを増していく。

それはまるで夜空を瞬く豪華な星のように思えて、心のときめきは増すばかりだ。

隣にいる星来も目を輝かせながら、イルミネーションを眺めている。

三人でパレードを見ている間も、今、歩いているこの瞬間も、私たちのように充実感に満ちた顔を浮かべ笑い合う家族連れや、うっとりとした表情で互いを見つめ合うカップルの横顔を何度も見かけて、やはり今日は特別な日なのだと実感する。胸を熱くしながらチラッと隣にいるふたりを見つめると、なぜか自然と笑みが零《こぼ》れた。

時刻は十八時半を回り寒さも一段と厳しくなってきたので、そろそろテーマパークを出ようということになった。

「せら、さいごにあれにのりたい！」

出口に向かって歩き出したその途中、星来がキラキラと光り輝く観覧車を指さす。

「観覧車か。最後にみんなで乗ろうか」

もちろん恭一郎さんは星来の要求にひとつ返事でそう答え、三人で観覧車乗り場へと向かいだした。

「ここからせらのおうち、みえる？」

「んー、さすがに見えないかな」

ゆっくりと上昇していく観覧車内で、恭一郎さんの膝に抱っこされながら星来が窓に張り付いてそう言う。

「じゃあきょうちゃんのおうちはみえる？」

「俺の家もここからは見えないな」

「きょうちゃんのおうち、とおいところにあるの？」

「いいや。ここから車で三十分くらいかな」

壮大な夜景にしんみりと浸る雰囲気は皆無で、次から次へと星来の質問が飛んでくる状態。それでも、恭一郎さんはそれに嫌な顔ひとつせずにきちんと答えてくれている。

「とおくないなら、せら、こんどおかしたくさんもってあそびにいくね」

「そうか。それは楽しみだな」

星来の言葉に、恭一郎さんは喜んだような表情を見せた。

観覧車を降りると、さきほどよりもキリリと肌を刺すような空気が張り詰めていた。

ふと腕時計を見れば十九時を回っていた。

出口に向かいだす中、心なしか寂しさに似た感情を抱き始めたのはきっと、今日一日が充実したものだったからに違いない。

「きょうちゃん！　きょうちゃん！」

恭一郎さんがゆっくり車を走り出させると、後部座席のチャイルドシートに乗る星来が、甘い声で彼の名を呼び始めた。

「星来、寒くないか？」

「さむくないよ。ふかふかきもちぃい」

恭一郎さんがミラー越しに星来の様子を窺う。星来の足には子供用のブランケットが掛けられている。今日の日を迎えるにあたって恭一郎さんはチャイルドシートやブランケットなどいろいろ用意してくれたみたいで、改めて恭一郎さんは気遣いのできる素敵な男性だと思った。

「恭一郎さん、チャイルドシートとか、いろいろと用意してくださってありがとうございました」

「いいや。このくらい当たり前だ。それよりも今日は誘いを受けてくれてありがとう。すごく楽しくてあっという間だった」

さりげなく恭一郎さんが話を切り替えてくれて、ミラー越しに柔らかく微笑んだ。

「せらもたのしかった！　これからどこいくの？」

星来はまだ家に帰るとは思っていないようだが、車は恐らく私のアパートに向かっているのだと思われる。今日はもうお家に帰るということを星来に伝えようと、後方を振り向こうとしたときだった。

「一緒にご飯を食べようか。お腹空いただろう？」

思わぬことを言い出した恭一郎さんに驚き、運転席に視線を送る。

「うん、すいた。じゃあいっしょに、ハンバーグつくろう！」

恭一郎さんに続き、星来の弾んだ声が後ろから聞こえてきて思わずぎょっとする。

どうやら星来はあの日の約束を忘れていなかったらしいが、私の中で今日、その展開は考えてはいなかったので、どう星来を納得させようかと慌てて考え始めた。

「星来、なら俺の家に来るか？　そこでみんなでハンバーグつくるのはどうだ？」

「ち、ちょっと、恭一郎さん！」

それはまさに予想外の提案だった。一緒にテーマパークに行くことには賛成したけれど、彼の家に行くなんてことには一ミリたりとも同意したつもりはない。

ダメです！と言わんばかりに、ミラー越しに目が合った彼に向かって首を横に振った。

「今はあそこには住んでいない。ひとりで別の場所に住んでいるから気を遣うこともないだろ」

「いやいや、そういうことじゃなくて……」

「みんなで夕飯を作れば、きっと楽しいに決まってる。それに今日はクリスマスイブで特別な日だろ？　星来のしたいことはさせてあげたい」

ああ、この人は。

本当に強引でズルい人だ。

そう言われてしまえば、断るわけにはいかないじゃない。

結局私は、喉元まで込み上げていた言葉をグッと呑み込んでそれを受け入れた。


途中、スーパーに寄って買い出しを済ませてから恭一郎さんの家へと向かった。まさかのクリスマスケーキまで買っていた恭一郎さんに私が驚く一方で、星来は大きなケーキをとても喜んだ。

「どうぞ。入って」

「おじゃまします……」

「おじゃましまーす」

星来の手を引いて足を進めていく。

緊張と戸惑いで目を泳がせる私の目の前に、予想をはるかに超える光景が現れ、我知らず息を呑んだ。

ここは都内の一等地にある高級タワーマンション。よくテレビで見かける著名人が住んでいるような場所だ。ここに来るまでいくつものセキュリティーを通ってきたし、この階専用のコンシェルジュまでいたりするようだ。

床一面には白の大理石が敷き詰められており、開放的な全面ガラス張りの窓からは都内の絶景が一望できる。

室内も海外のリゾートホテルのようなお洒落なインテリアが並び、家具は落ち着いたダークブラウンで統一されている。またリビング続きのダイニングにはアイランドキッチンが併設され、きちんと片づけられた部屋からは恭一郎さんの几帳面な性格が窺えた。

「きょうちゃんのおうちひろい！」

星来が目を輝かせる。

確かに広すぎて、きっとこのリビングだけで私が住むアパートの部屋がすっぽり収まるのではないかと推測する。

「さて、みんなでハンバーグを作ろうか」

戸惑う私の前で恭一郎さんが腕まくりをして微笑む。

前は決して料理をする人ではなかったのに、この四年で環境が変わったのはどうやら私だけではなかったみたいだ。

「朔、俺はなにをすればいい？」

「じゃあ、玉ねぎをみじん切りにしてもらえますか？」

「了解」

耳に届くのは小気味いい包丁の音。恭一郎さんは、どうやら料理をすることに慣れているらしいことを知った。

「せらもおてつだいする！」

「じゃあせらは、ママと一緒にサラダを作ろうか？　さっき買ったお野菜をこっちに持ってきてくれる？」

「はーい」

恭一郎さんが玉ねぎを切る横で、星来とともに私も作業を始めた。

三人で手分けをして料理を進めていけば、あっという間にメイン料理以外は完成し、あとはハンバーグを成形して焼く工程のみとなっていた。

「ママ、ハンバーグ、まあるくできたよ」

「ありがとう。とっても上手にできたね」

「いひひ、せら、じょうず！」

どや顔を見せる星来を見て、恭一郎さんが柔らかく微笑む。

星来はとても機嫌がよくていつも以上におしゃべりだ。自分から恭一郎さんに絡んでいくことが多く見受けられる。

「せら、みまもりたいするね」

恭一郎さんがフライパンでハンバーグを焼きだしたのを見て、星来は手を後ろに組み、ジーッと見つめ出した。

お手伝いが大好きな息子だが、火傷《やけど》をさせるのが怖くて焼き作業はまだ手伝わせてはいない。私が作業している間、〝アツアツだから手を出さないで見ていてね〟と星来に伝えている。それを今日も律儀に守っているようだ。

「火加減はこれくらいでいいか？」

「はい。焦げ目がついたらひっくり返してもらえれば」

「了解」

恭一郎さんがハンバーグを焼いてくれている間、私は星来と協力しながら皿を用意し、できた料理を並べだした。

一生懸命に平常心を保とうとしているけれども、再び恭一郎さんとこんな風に過ごすことになるなんて思いもしなくて、心はそわそわと落ち着かない。だけど、きっとそのそわそわは悪い意味のものではなくて、むしろその逆のような気がした。

星来はハンバーグとケーキを食べ終わると、満足したように椅子に座ったまま眠ってしまった。キッチンで後片づけをする間、リビングのソファーを借りてそこに星来を寝かせることにした。

幸せそうに眠る息子の顔を見つめる。

「寝顔も天使みたいにかわいいな」

隣に立って一緒に片づけをしていた恭一郎さんが優しく微笑む。

「今日一日、星来のお守りで疲れていませんか？」

正直、おしゃべりな星来に振り回され、大変だったのではないかと思う。

「いいや。すごく楽しかった。はしゃぐ姿を見ているとこちらまで明るい気持ちになれたよ。それに朔のハンバーグも久しぶりに食べられて幸せだ」

そんな風にうれしそうな顔をして言われたら、心が乱れないわけがない。

身体が熱くなっていくのを感じながらチラッと恭一郎さんを見上げた。

「それにしても恭一郎さん、子供の扱いに慣れているようで驚きました」

そして、さりげなく話題を切り替える。

「愁の子供とたまに会ってるからな。だから慣れているように見えるのかもしれない」

「愁、結婚したんですか？　そっか。パパになったんだ……」

思わぬ事実を知り春のひだまりのような穏やかな感情に包まれて、気づけば口元を緩ませていた。

「ああ。ちゃんとパパしてるぜ、あいつ」

「そうなんですね」

あの愁がパパになったなんて想像がつかないが、優しい愁ならきっといいお父さんをしているに違いない。お子さんが大きくなったら、友達親子みたいな感じになりそうだと想像したら、クスッと笑ってしまった。

「めちゃくちゃ人懐っこくてかわいい子だ。顔も愁にそっくりなんだ」

楽しそうに愁の子供のことを話す恭一郎さん。

四年前には知らなかったまた新たな一面を知り、心が温かくなるのを感じながら彼を見つめていた。

「星来、起きて。お家に帰るよ」

「んー……ムニャ、ムニャ……」

時刻は二十二時を回ったところ。ひと通り片づけを終え、帰り準備を進めながら寝てしまった星来を起こそうとする。

今日はすごくはしゃいでいたし、かなり歩き回ったから相当疲れているだろう。できることならば、このまま朝まで寝かせてあげたいところだが、この部屋から出てマンションの下まで荷物を持ちつつ星来を抱っこしてひとりで降りるのは、少し厳しいように思える。

とにかくこれ以上の長居は申し訳ないし、家に帰らなければいけないので星来を起こそうと必死だ。

「星来、行くよ？」

だが、ソファーに眠る星来は微動だにしない。

……困ったな。

こうなったらなんとか星来を抱っこして連れて帰ろう。

そう決心して鞄の中から携帯を取り出し、タクシー会社に電話をしようとしたそのときだった。

「泊まっていけばいいさ。気持ちよさそうに寝ているのに起こすのはかわいそうだ」

恭一郎さんが私の隣にやってきて、すやすやと眠る星来の頬に優しく触れながらそう言った。

「さすがにそれは……」

　できないと言わんばかりに首を横に振る。

「使っていない部屋があるからそこにふたりで寝るといい」

「でも……」

　さすがにそこまでお世話になるのは気が引ける。それにこれ以上、彼といたら私はきっと現実に戻れなくなってしまいそうな気がする。そしたら弱さが露呈してしまう。拠《よ》りどころができてしまったら私は彼に依存し優しさに甘え、また恭一郎さんの重荷になってしまうかもしれないと思うと、距離を取ろうとしてしまう。

「なんて善人ぶったことを言っているが、本当は俺自身が星来と朔ともっと一緒にいたいだけなんだ」

　星来に向けられたまなざしがゆっくりとこちらに向けられると、思わずドキッとした。

　優しさと切なさが入り交じったような瞳。逸らすことができなくて、黙ったまま見つめ返す。果てしなく続くかのように思えたその静寂の中、私の内を様々な感情が駆け巡る。

　もう二度と触れることのできないと思っていた温もりに触れ、今日一日、心はずっと高揚していた。この時間がもっと続けば、いいのに。そんな思いを抱くほどだった。私はこの人と過ごした濃密な時間を忘れていなかった。いや、正確に言えば忘れられなかった、ということを痛いくらいに突きつけられている。

「……俺はこの四年、朔を忘れたことなんてひと時もなかった。朔だけを思ってた」

スッと私の指先に伸びた彼の大きな手。

遠慮気味に握られた指先から伝わる温もりに、自分の中でガチガチに固められた心の鎧《よろい》が溶けていくのを感じながら、彼の指先をそっと握り返した。

星来をベッドに寝かせリビングに戻ると、ダイニングチェアーに座っていた恭一郎さんがこちらに来てと手で示すので、彼の目の前の席に静かに腰を下ろした。

「なにからなにまでお世話になってすみません」

「いいや、かまわないよ。それよりもちゃんと話そう、この四年間のことを」

「はい……」

私が頷くと、それから少しして恭一郎さんが口を開いた。

「朔があのとき俺の前から黙っていなくなったのは、仁さんの接触があったからだろう？ 愁に聞いたんだ」

思わず目を見開く。

あれだけ仁さんから口止めされていたのに、愁が恭一郎さんにすべて話していたことを知り、胸がざわめき出した。

「愁は大丈夫だったんですか？」

「真っ先に愁のことを心配するのが朔らしいな。大丈夫だ。愁はなんのペナルティーも受けてはいない。そもそもその頃には遠谷組は解体していて、仁さんと愁の上下関係もなにもなくなっていたしな」

「え？　組が解体したって……どうして、ですか？」

その事実に鈍器で殴られたような衝撃を受けたのは言うまでもなく、瞬きを繰り返しながら彼の返答を待つ。

「……実は朔がいなくなってからいろいろあったんだ。親父が大河組から襲撃を受けてな。新渡戸組が遠谷組を復帰させようとしていることを聞きつけて、大河組がそれを阻止しようと動き出したというわけだ。幸い親父は一命を取り留めたが、抗争を免れるのは困難な事態になって……」

そこまで言うと、彼はなんとも言えないような表情をして一瞬、窓の方に瞳を向け静かに息を吐いた。

淡々と話しているように見えたが、その襲撃事件は恭一郎さんにとって、とても大きな事件だったということが読み取れる。そんな恭一郎さんの気持ちを考えると、胸が苦しくなりギュッと下唇を噛んだ。

「このままでは不必要な血が流れてしまうと思った親父は、組を廃業にして引退。今は静岡《しずおか》で隠居生活をしている」

「……そうだったんですか」

辛い思いがあるだろうに、恭一郎さんは私と向き合おうと包み隠すことなくこの四年間の話を続けてくれようとする。私は彼の目を真っ直ぐに見つめながら、静かに話を聞いていた。

「組にいたやつらはそれぞれ親父の伝手《つて》で就職したり他の組に移ったりしてな。愁は今、大工をしている。風間は長距離トラックの運転手だ」

みんな、あの頃には想像できないような状況の中を生きていることを知り驚く。

流れた月日は想像以上に長くて、変わらないものよりも変わったものの方が多いと思い知らされ、複雑な気持ちになってしまいながら視線を泳がせた。

「遠谷組が潰れたことで、新渡戸組の組長も俺へのこだわりがなくなって、縁談は消滅。晴れて俺は自由の身となり、知り合いの伝手を頼って医学の道へと進んだというわけだ。けっこう激動の四年だろ？　ドラマの主人公になれるレベルだよな」

クッと口角を上げ冗談じみたことを言いながら笑ってくれたのは、この場を和ませるためだろう。本当のところは私が想像する以上に大変だったに違いない。

「びっくりしてうまく整理がついていないのですが、私の中では恭一郎さんは縁談を受け入れて……家庭を持ちながら組を背負う立場にでもなっているのかと思っていました」

おそるおそる思いを口にすれば、恭一郎さんは不満だと言わんばかりの顔をして、はぁーっと深い溜め息をつきながら私を真っ直ぐに見つめてきた。

「俺には朔しかいない。だから、他の女と結婚するはずがないだろ?」

恭一郎さんの指先がそっと私の頬に伸びる。

彼は愛おしげな瞳で私を見つめ、ふわりと微笑んだ。

触れられた場所から彼に伝わってしまいそうなくらいに、心臓がドクドクと一気に高鳴る。でも、ここで流されてしまってはいけないのだと、強く自分自身に言い聞かせる。

あの日、仁さんに言われたことが頭の中をリピートする。

恭一郎さんが私に執着するのは、互いに母を亡くしているという、同じ傷を持っていたから。

今も、私の気持ちが分かるから、きっと放っておけないだけなのだと思う。

「……それはきっと、……錯覚しているのだと思います。恭一郎さんは本当に素敵な人だから私じゃなくて、もっといい人がいるはずです」

自分でそう言って胸が苦しくなり、とっさに目を逸らした。

「なんでそんなこと言うんだ？　俺は朔のことを……」

「恭一郎さんのお母さんのこと……仁さんから聞きました。私の母の……死のことも恭一郎さんはずっと知っていたんですよね？　だから、私のことを心配して一緒にいてくれただけだと思います。あなたは優しい人だから」

舞い降りた気まずげな静寂。

まさか本人を目の前に、こんなことを言うときが来るとは思ってもみなかった。

恭一郎さんはどんな顔をしているだろうか、そう思うと怖くて彼の方を見られずにいる。

「勝手に人の気持ちを決めつけないでくれ。言っておくが、俺は朔に同情なんて感情を抱いたことは一度もない」

静寂を切り裂くように、どこか苛立ちを含む声が響いた。

おずおずと顔を上げれば、そこには不服とばかりに顔を歪《ゆが》める恭一郎さんがいてハッと息を呑む。

「俺は朔と出会って初めて、『愛おしい』という尊い感情と、そして、『安らぎ』という温かい場所を知ることができたんだ。それが紛れもない真実だ」

混じりけのない瞳に捉われ胸が熱くなる。

彼自身の口から真実の言葉を聞きどこかほっとしているのは、一緒に過ごした日々にはちゃんと意味があって肯定された気がしたからかもしれない。

「もっと言えば、諦めが悪い人間だから俺の中ではまだ朔は俺の彼女のままなんだ。でも、もうそれじゃあ満足できそうにないがな」

発言の意図が分からずに思考のループの中を彷徨《さまよ》っていると、彼がゆっくりと椅子から立ち上がりこちらに向かってきて、私の横で跪いてそっと私の手を取った。

「星来のことも朔のことも幸せにしたいと心から思ってる。だから、俺と結婚してくれないか？」

限界突破した心臓がドドドッと熱く強く波打った。

私が一番恐れていたことを彼は一度も聞いてくることもなく、それをすっ飛ばして再会からすぐに求婚をしてきたことは私の想像をはるかに超えていて、もはや、どうリアクションを取ればいいのか分からない状況だ。

「いきなりそんなことを言われても……困ります」

「俺の中ではいきなりじゃない。ずっとこの四年間、考えていたことだ」

恭一郎さんはただただ、真っ直ぐに思いをぶつけてきてくれて、あのときみたいに私のことを深い愛情で包んでくれようとしている。

彼にとっては星来の父親が誰かということは関係ないというのだろうか。それとも自分の子だと確信しているから聞いてこないのか。

思考が再開すれば、そんな思いに駆られた。

「星来の父親のこと……どうして聞いてこないんですか？」

私自身がずっとそこに触れることを避けてきた。

その事実を必死に隠すことでそれが最後の防波堤としての役目を果たし、ずっと胸の奥底にあった恭一郎さんへの想いを封じ込めてきたのだ。

でも、もう無理かもしれない。

こんなにも真っ直ぐに熱い想いをぶつけられてしまったら、もう歯止めが利きそうになくて、私を見つめてくる彼の瞳に全部、吸い込まれてしまいそうだ。

「カルテで見た星来の誕生日から推測するに、星来は俺の子だと思っている。たとえ違ったとしても、そこには固執していない」

穏やかな声が耳に届いた。

その声には嘘や迷いは一切感じられず、私を真っ直ぐに見つめる瞳は曇りなく澄んでいる。

その一方で、彼の口から飛び出した『俺の子』という言葉に私は驚きを隠せない。

いや、驚きとともに愉悦を感じ心が震えていると言った方が正しいのかもしれない。

「ふたりのことが愛おしい。だから一緒にいたい。その気持ちがすべてだ。だから星来の父親が誰なのかを確かめる必要はないと思った」

ひと呼吸置いてから発せられた恭一郎さんの熱い想い。とどめを刺すというばかりに私の心をより一層、震わせた。

彼はたんぽぽの綿毛のように柔らかく笑い、繋がる手にギュッと力を込める。

「あんなに泣き虫だったのに、会わない間に強くなったな。朔が今まで頑張って星来を育ててくれたから、星来は素直で優しくて、天真爛漫に育ったんだよな。あんなにも愛くるしい天使を産んでくれてありがとう」

そんなことを言われれば、決壊したダムのように涙が溢れてきて、温かい涙が床へと流れ落ちていった。

「これからは俺も一緒に歩ませてほしい。ふたりのことを心から愛してる」

さきほどとはまた違う情熱的な瞳に射貫かれ、吸い込まれるように彼の腕の中に包まれると、彼の綺麗な顔が間近に迫りそっと唇が重なった。

過去と未来の狭間で

過ぎ去るように年末が過ぎ、新しい年を迎えた。

あれから恭一郎さんとは頻繁に会っている。

「完全に夢の中って感じで、あれは当分、起きそうにないな」

恭一郎さんが穏やかに微笑みながら、私がいるキッチンに足を進めてきた。

今日もさっきまで一緒に三人で初詣に出かけていた。神社から戻ってきて、恭一郎さんのお家でおせち料理を食べることになった。それを食べ終えると、ソファーの上で星来がうとうとし始め、そのまま寝てしまったので恭一郎さんが星来を寝室のベッドに寝かせに行ってくれたのだ。

「片づけ手伝うよ。ふたりでやった方が早いだろ？」

恭一郎さんが服の袖をまくりながら私の隣に立ち、シンクのお皿を食洗機に入れ始めた。

「大丈夫ですよ。あと少しだし、私ひとりでできますから。それより恭一郎さんはお仕事でお疲れでしょうから休んでいてください」

実は彼は夜勤明けの状態で、数時間しか寝ていないのだ。それでも、星来と交わした初詣に行くという約束を守り、私たちを連れて行ってくれたのだった。

「お気遣いどうも。でも、全然眠くないし今はこうやって朔と話したい気分なんだ。そういえば、おみくじが大吉だと分かったときの星来、すごくうれしそうだったよな」

彼は片づけを手伝ってくれながら、今日の初詣の話をうれしそうにしてくる。

その大半は星来のこと。私たちに寄り添ってくれようとする彼の姿勢は本当にありがたいし、クリスマスイブのあの日、恭一郎さんにこの四年間のことを聞いて、恭一郎さんと私の間に大きな障害はなくなり心が軽くなったのは事実だ。

でも、急に星来の環境を変えることはしたくないし、本当のことを告げたら星来はどんな反応を見せるのかと不安を感じ、あの日のプロポーズの返事はできていない。

今はお友達として恭一郎さんのことを好いている星来。でも、それが形を変えたときにどうなるのだろう。

まだ先のことは分からない。それでも、恭一郎さんとともに過ごす今を大切にしていきたいと強く思っている。

「なぁ、朔？」

片づけがひと通り終わりエプロンを脱ごうとしていると名前を呼ばれた。

ふいに振り返ろうとすると、背中に温もりを感じてドキッとした。

それは恭一郎さんが私を後ろからハグしたことを意味していて、心音が高鳴っていく。

「あ、あの……恭一郎さん、どうしたんですか？」

「エネルギーチャージってやつ。こうしてるとやっぱり落ち着くな」

耳元で囁かれゾクッとし、頬が熱くなるのを感じながら身体を固まらせる。

再会してから恭一郎さんは時々、こんな風に甘えてくることがある。

星来の目を盗んで軽めのキスをしてきたり、星来が寝ているときにはこうやって抱きしめてきたり。それ以上を求めてくることはないけれど、一旦、彼の腕の中に囚《とら》われれば、胸のドキドキは加速していくばかりだ。

「朔……」

甘い声で私の名を呼びながら、彼の唇が私の首筋を這い始める。

ドキッとして思わず後方を振り返れば、にやりと笑う恭一郎さんと目が合い、今度は唇を塞がれ何度も甘く濃厚なキスを落とされた。

「いらっしゃいませ〜」

「久しぶりだね。朔ちゃん」

仕事始めだったその日、店で棚のお弁当を整理していたところ、低く優しい声色が耳に届いた。

「堂林《どうばやし》先生、お久しぶりです」

見れば、そこには懐かしい顔があった。

高級そうなスーツを着こなした紳士。清潔感漂う黒の短髪。逆三角形のすっきりとした顔の上にはこれまた絶妙なほどの美しいパーツが配置されており、長身のスラリとした体形からは気品が漂っている。

とても五十代には見えないその風貌に圧倒されてしまう。

「なかなか顔を出せなくてすまない。朔ちゃん、変わりはないかい？」

色素の薄い焦げ茶色の瞳が私を捉える。

「はい。元気にやっています」

「そうか。それならば安心したよ。星来くんも元気？」

「はい。おかげさまで」

目じりを下げて柔らかい笑みを浮かべる彼の名は堂林傑《すぐる》。彼は、母が看護師として働いていた病院の同じ医局で働いていた外科医だ。

今はお父様の跡を継いで違う場所で院長として施設を経営している。

堂林ご夫妻はとても優しく温厚で面倒見がよく、シングルマザーとして私を育てていた母のことをとても気にかけてくれていた。どうしても私を保育園やベビーシッターに預けることができないときは、堂林先生の奥様が私のことを自宅で見てくれたこともある。

母が亡くなってから、おふたりは私のことをすごく気にかけてくれていたが、私が一時期、東京を離れて生活していたこともあり、そこからはずっと疎遠となっていた。

堂林先生と再会したのはちょうど一年前。私がひだまりキッチンで働き始めて少し経った頃のことだ。偶然、堂林先生がお弁当を買いに来て、そのときに互いの近況報告を交わした。

だが、ここ数か月、堂林先生は姿を見せることがなかったので、彼とは久しぶりに顔を合わせたことになる。

「奥様もお元気になさっていますか？」

堂林先生がレジに持ってきたお弁当の会計をしながらそう問いかけた。

「……まぁ、うん。元気だよ。家内が朔ちゃんと星来くんに会いたがっているから、

「今度よかったらふたりで家に遊びにおいで」

一瞬、堂林先生が戸惑ったような表情を浮かべたことに違和感を覚えながらも、そこに触れることはしなかった。

「はい。今度ぜひ」

私がそう言うと、ふわりと笑って堂林先生は店を出ていった。


土曜の午後。二月だというのにその日は春のような暖かい日が差し込んでいた。その陽気に誘われてアパート近くの公園に繰りだすと、星来は元気に走り回り始めた。

「きょうちゃん、かたぐるまして」

「おっ。いいぞ」

「わーい!!　せらのおてて、おそらにとどくかな~」

恭一郎さんが軽々と星来を持ち上げて肩車をすると、星来はうれしそうに頬を緩ませながら青い空に向かって手を伸ばした。

ふたりの様子をベンチに座りながら見守る私の心は実に穏やかだ。

傍目から見たら親子にしか見えないだろう。

それにしても星来、大きくなったな。

少し前までよちよち歩いていたのに、今では力強く走り回っているのだから。最近はおしゃべりも達者になってきたし自我が芽生えてきた。

こんな風にあっという間に成長していくのだろうとしみじみと考えていた。

「ママ～！！」

大きく手を振りながらこちらに向かって微笑む息子の姿があって、私も手を振り返すと、汗だくの星来が走ってきた。

「汗で背中がびっしょりじゃない。ちゃんと拭かないと風邪引いちゃう」

リュックの中からタオルを取り出し、服をまくって星来の背中を拭き始めた。

「せら、のどかわいた」

星来が水筒の入ったリュックに手を伸ばそうとする。そして、リュックの中から水筒を取り出すと、器用に蓋を開けグビグビと飲みだし、満たされたようにニコリと笑いベンチから立ち上がった。

「きょうちゃんもこっちにおいで～」

星来の視線の先には恭一郎さんの姿があって、彼に向かって星来は手招きし始めた。おいで～だなんて。本当に友達感覚でいるのだと分かり、思わずクスッと笑ってしまった。

「きょうちゃん、ここすわって」

「ああ」

「きょうちゃんも、のみもの、どうぞ」

星来がコンビニ袋からコーヒーのペットボトルを手に取って、隣に座った恭一郎さんに手渡した。

「ありがとう。そういえばもうじき星来、誕生日だろ？」

いや、まだ二か月も先ですけど、と思いながらもそこは敢えて口にしない。

気が早く用意周到なところは恭一郎さんらしい。こんな風に昔と変わっていないところを垣間見るとなんとなく安心する。

「うん。せら、よんさいになるの」

四つの指を立てて星来が誇らしげに微笑んだ。

「四歳か。すっかりお兄ちゃんだな」

恭一郎さんが優しい瞳を向けながら星来の頭を撫でる。

「ん？　せら、きょうだいいないよ。おにいちゃんじゃない」

「あー、そうだな。ごめん」

『大きくなったな』という意味で言ったのだと思うけれども、それは星来には伝わらなかったみたいで、恭一郎さんは苦笑いを見せながら星来に謝った。

「プレゼント、なにがほしい？」

「せら、ワンちゃんがほしい！」

即答でそう返した星来の方に目を向ける。

動物好きの星来は、保育園で飼育しているうさぎの世話をするのが好きだ。誰よりも率先して餌をあげたり、うさぎ小屋の掃除をするみたいで先生に褒められたことがある。

「ワンちゃんか」

「うん。でもおうちでかえないの。ママがむりだって」

「そうか」

「うん」

星来の残念そうな顔に心が痛む。できることならば星来が望むように犬を飼いたいが、アパートではペットを飼うのは禁止だ。それに今は星来のお世話だけで手がいっぱいで、犬の面倒まで手が回らない気がする。

「じゃあ俺の家でワンちゃんの面倒を見るか？」

その言葉は予想外だった。思わず目を丸くしながら彼の方を見ると、彼はフッと笑い星来の顔を覗き込んだ。

「きょうちゃんのおうちで、ワンちゃん？」

期待を含んだまなざしで、星来は恭一郎さんを見つめ返す。

「ああ。星来とママと俺と、ワンコと。四人で住んだら賑やかで楽しいと思うんだ。みんなで一緒に住まないか？」

「恭一郎さん！　それはさすがに無理です」

恭一郎さんの言葉に私が焦ったのは言うまでもなくて、とっさに止めに入ろうとしたそのときだった。

「せら、きょうちゃんのおうち、すまない」

恭一郎さんのことが大好きな星来のことだから、すぐにでも彼の提案に乗るかと思われたが、首を横に振りながら拒否したことに驚く。

でも、星来の顔は複雑そうに見えた。

「そうか。いきなり一緒に住もうって言われたら嫌だよな。ごめんな」

そう答える恭一郎さんは、切なげに微笑みながら星来を見つめている。

彼の中で星来に拒絶されたことは、相当ショックだったのだろうと察せられてこちらまで胸が苦しくなる。

「せら、いやじゃないよ。きょうちゃんといっしょにいたいもん」

しばらく恭一郎さんを見つめていると、さっきとは違うことを言う星来の意図が掴めなくて、首を傾げながら星来に視線を移す。

「じゃあ、どうして一緒に住めないんだ？」

恭一郎さんが静かに星来にそう尋ねた。

「ばぁばがさみしがるから」

意外なことを口にした星来。思わず恭一郎さんと目を見合わせた。

「ばぁばが寂しがるってどうして？」

星来の思いを汲み取ろうと、恭一郎さんが再び優しく問いかける。

「せら、あさ、ばぁばにごはんあげてなむなむするの。おはなしもするの。せらがいなくなったら、ばぁばかなしいから、せら、あのおうちにいないといけないの」

星来の澄んだ瞳が、真っ直ぐに恭一郎さんに向けられた。

息子なりにいろいろと考えていたことを知り胸が熱くなる。

か弱くて守ってあげなければいけないと思っていた存在であったのに、今はその背中が頼もしくも見えた。

「……星来は優しいな。なら、ばぁばも家に連れてくればいい。四人とワンコと住むならいいだろ？」

恭一郎さんは、柔らかく微笑みながら星来を抱き上げ自身の太ももの上に乗せた。

「ばぁばもいいの？」

「ああ、もちろん！」

ぱぁーっと顔が明るくなり、星来がうれしそうに恭一郎さんの胸に抱きついた。

「星来、あのね、それは今はできな……」

それを見て、その先に星来がなにを答えるかすぐに想像がつき、慌てて遮ろうとした矢先のこと。

「せら、みんなできょうちゃんのおうちにすむ！」

星来のうれしそうな声が響いた。

「なら決まりだな」

先にそんなやり取りをされれば、それをこの場で否定できずに言葉を呑む。

「恭一郎さん！」

恭一郎さんに抱きつく星来の目を盗んで、彼の瞳を真っ直ぐに見ながら、首を横に振った。

「俺からしたらこれでも、言いだすのをだいぶ我慢したんだ。これ以上は待てない」

スッと私の頬に伸びた彼の指先にドキッと心臓が跳ね上がる。

「俺のことを信じてほしい」

「……恭一郎さん」

向けられたまなざしは真剣そのもので逸らすことができない。彼の瞳を見つめ返していると、熱を帯びた頬を撫でるように心地いい風が通り過ぎていった。

「俺にとって朔と星来以上に大切なものなんてない。だから、もう二度とふたりの手を離す気はない」

恭一郎さんがベンチから立ち上がり、星来と私の手を取って歩きだす。

「ちょっとどこに行くんですか？」

「アパートに行って荷物の整理だ」

「荷物整理⁉　わ、私、一緒に住むことを了承したわけではないんですけど」

「星来の願いを叶《かな》えてやるためだから、了承してもらわないとな」

恭一郎さんは愛おしげに星来を見て微笑みながらそう言った。

「きょうちゃん、おもちゃもぜんぶ、もっていっていいの？」

「ああ。いいぞ」

星来がうれしそうにぴょんぴょんとジャンプする。

「やったー！　せら、きょう、きょうちゃんといっしょにねる」

「今日だけじゃない。これからは毎日一緒だ」

ふたりの仲睦《なかむつ》まじい声が聞こえる中、ふと頭上に広がる空を見上げた。

突然始まろうとしている三人での生活。

それはまるで果てしない空をこの手に掴めたような、そんな奇跡に近いことのように思えた。

＊＊＊

空白の四年間を俺は今でも悔やんでいる。あのときどうして、朔の気持ちに気づいてあげられなかったのだろう。

朔が俺のもとを去る前に気づいていれば、きっと違う未来が待っていたはずだ。

彼女がいなくなってから血眼になって捜したが、ごたごたで組が解体されたこともあり、今までのようにシマの中でさえ簡単には捜せなくなり、朔の居場所を突き止めることができなかった。やっと情報屋の話を経て県外の朔の居場所の手がかりを得たが、彼女はもうそこにはいなくて落胆したこともある。

それでも諦めることができず朔を捜し続ける中、あの事故を通して病院で朔と再会したのだ。

あの日、朔と再会してから俺は気持ちを抑えることができずにいる。俺自身、事を早急に進めたいと思っているし、それが朔と星来にも負担をかけさせてしまっているかもしれない。

それでも、早く家族になりたい。

強引に一緒に住もうと言って、朔のアパートから荷物を運び出した。星来は大きな家に住めると大喜びで荷物運びを手伝っていたが、朔は戸惑いを隠せないと言った様子だった。

だが、最近の朔は少しずつではあるが、穏やかな表情を浮かべ笑うことも増えた気がする。

三人での生活が始まって一か月半。新しい家具やふたりのものが俺の家に増えていく度になんとも言えない高揚感があったりする今日この頃だ。

もうじき星来の誕生日。その日に犬を迎えて新たな生活がスタートする。星来はありがたいことに俺のことを好いてくれている。……今は友達としてだが。

家族になりたいと言ったら、星来はどんな反応をするだろう。俺が父親だと知ったら認めてくれるだろうか。

この四年、ふたりに寄り添うことができずにいた俺が、多くを望むのはおこがましいことかもしれない。

「きょうちゃん、おかえりなさい～」

それでも、俺が家に帰るとうれしそうに駆け寄ってくる、この愛くるしい天使を守りたい、それだけは俺の中でぶれずにある思いだ。

「恭一郎さん、おかえりなさい」

「ただいま」

朔の目を見てこんな会話をすることをどんなに夢見ていただろう。

朔は知らないだろう？　澄ました顔で挨拶を返した俺が本当はこんなにも浮かれていることを。

気づかないだろう？　こんなにも胸をときめかせていることを。

朔のすべてを俺のものにしたい。星来のあの笑顔を守りたい。

物事をどこか冷めた状態でしか見られなかった俺が、まさかこんな風になるとは思いもしなかった。

「朔、アパートはいつ引き払うんだ？　ここにいるのだから家賃とかもったいないだろ」

「そうですけど、職場も近いですし星来の保育園のこともあるので」

夕飯を食べる最中、俺がアパートの話を振ると、朔からそんな曖昧な答えが返ってきた。きっとなにかあったときの保険として、まだアパートを引き払いたくないというのが本音なのだろう。

朔がそんな感情を抱くのは当然だ。俺はこの四年間、ふたりのそばにいてあげられなかった。親が他界し頼るところがほぼない状態で、ひとりで星来を育てていくのは本当に大変だったと思う。

それを背負わせてしまった俺にできることは、これからの未来、できる限りの愛情を注ぎふたりを守っていくことだ。俺はもう二度とふたりを手放す気はないし、ずっと一緒にいたいと思っている。

それでもそれをおいそれと信じるのは怖いだろうし、守るべき存在がいる朔にとっては、俺のことを受け入れるのはとてつもなく難しいことだとも理解している。

彼女が安心する方法があるとすれば、俺は迷わずそうしたい。

夕飯を先に食べていつの間にかソファーで寝てしまっていた星来に一瞬、目を向ける。そして、ある決心をして目の前に座る朔に視線を移した。

「朔、家族になろう。今すぐにでも籍を入れよう」

「……ゴホゴホッ」

アイスティーが入ったグラスに口をつけていた朔が驚いてむせ返り、大きく目を見開いて俺を見る。

俺が朔に求婚するのは再会してからこれで二度目だ。ムードもなにもあったもんじゃない。本当は夜景の見えるレストランで花束なんかを渡して……そんなシチュエーションも頭の中で思い浮かべていたりもしたが、きっとそういうことじゃない。

ロマンティックな雰囲気がどうだとか、千本の薔薇《ばら》を贈るとか。

朔はそれを喜んでくれるだろうが、今はそれよりも飾らない真っ直ぐな言葉で愛する彼女に俺の想いを伝えるべきだと思った。

「あのときも今も、一時の感情で言っているわけじゃない。ふたりのことを心から愛している。だから今すぐにでも結婚して……」

「けっこん？」

言葉を遮ったのは朔ではなくて、ソファーで寝ていたはずの星来だった。俺の声が大きくなっていったから、目を覚ましてしまったようだ。

ムクッと起きて星来がこちらに走ってきたのが見えた。

「けっこんって、なぁに？」

純真な瞳が俺と朔の間を行き来する。

本音を言えば、朔がきちんと受け入れてくれてから星来に伝えたかった。

でも、こうなってしまえば、変にごまかすよりははっきりとここで星来にも伝えた方がいいと思った。

「結婚っていうのは、俺たち三人が家族になることだよ」

「かぞくになる？　きょうちゃん、せらのおにいちゃんになるの？」

星来は家族になるという意味を少し違うように捉えていた。

朔からパパは遠くにいるから会えないのだと聞かされているから、星来の中でパパ枠は埋まってしまっている状態らしい。だから、お兄ちゃん枠という発想になったのかもしれない。

「お兄ちゃんではなく、星来のパパになりたいんだ」

俺は膝をつき星来の目を真っ直ぐに見てそう言い切った。

そう言われた星来の瞳がゆらゆらと揺れる。

星来は今、きっと混乱している。

どんな感情を抱いているのか、それを測り知ることはできない。

「あのな、星来」

でも、星来の混乱を解かなくてはと思い、星来の目を見ながらゆっくりと話を続けようとした次の瞬間。

「きょうちゃんがパパになったら、せら、すごーくうれしいよ」

星来がニコリと笑い、俺の手に自身の小さな手を重ねてきた。

その瞬間、俺の中で花火が打ちあがるようになにかが弾け、込み上げてくる熱い想いを指先に託すように、愛おしい星来の手をギュッと握り返した。

「すっかり夢の中だな」

恭一郎さんが自身の腕の中で眠る星来のおでこに愛おしげにキスを落とし、ベッドの上に優しく置いて首元まで布団をかけた。ここは今、私と星来の部屋になっている。

彼がパパになることを喜んだ星来はそれからずっと恭一郎さんに甘え、ずっと恭一郎さんから離れることはなかった。そして、安心したように彼の腕の中で眠りについたのだった。

微笑ましいふたりを見ながら私は、再会してから三人で過ごした日々をゆっくりと思い返していた。

初めて三人でご飯を食べた日、すぐにふたりは意気投合した。

一緒に遊園地に行った日は、ずっと星来は笑顔で恭一郎さんにべったりだった。三人で初めてハンバーグを作ったときも星来はずっとはしゃいでいて、いつも以上に食欲旺盛だった。

思えば、三人で過ごす時間はいつも笑顔に溢れていた。

きっと恐れることなど、なにもなかったのだと思う。

恭一郎さんは真っ直ぐに私たちを愛そうとしてくれていて、星来は恭一郎さんにいつの間にか友達以上の感情を抱いていて、彼といることに喜びを感じていた。

そんなふたりを目の当たりにするうちに、私もこの生活がずっと続いてほしいと心の中で思うようになっていたのだから。

三人の思いが同じ方向を向いているならば、なにも恐れずに進めばいいだけなのだと思った。

「恭一郎さん……」

「ん？　どうかしたのか？」

星来を見つめていたまなざしがこちらを向く。

「恭一郎さんに伝えたいことがあるんです」

私の心は霧が晴れたように穏やかで、もはやなんの迷いもない。

「うん。聞かせてほしい」

リビングに戻ると、頷きながら恭一郎さんが私の手を握ってきたので、ギュッと握り返し静かに想いを口にし始めた。

「再会してからずっと、恭一郎さんが真っ直ぐに私たちに向き合ってくれたことを本当にうれしく思ってます。恭一郎さんに出会えてあなたを好きになって本当によかった。そして……恭一郎さんの子を授かり、星来をこの手に抱くことができた私は幸せ者だとも思います」

「朔……」

恭一郎さんが一瞬、目を見開いてから口元を弓なりにして握る手に力を込めた。

「星来はあなたの子です。私の口からちゃんとこの真実を恭一郎さんに伝えたいと思いました。明日、星来にもきちんと伝えるつもりでいます。ずっと優柔不断な私を待ってくれてありがとうございます。私は……これから先の人生を恭一郎さんと星来とともに歩みたい。それが私の願いです」

「やっと朔の気持ちが聞けて、うれしくて泣きそうだ」

恭一郎さんがなんとも言えない表情を浮かべ、そのまま私を胸元へと引き寄せた。

「絶対、ふたりのことを幸せにするから」

コクンと頷き、恭一郎さんの顔を見上げると、そっと互いの唇が重なり私はゆっくりと目を閉じた。


何度もキスを交わすうちに、フローリングにふたりの身体が沈んだ。

「朔……」

ふいに名前を呼ばれて見上げれば、情熱的なまなざしを浮かべる彼の顔が再び間近に迫り、互いの額が重なる。

「今すぐに朔を抱きたい」

息遣いさえ伝わってしまいそうな距離でそう囁かれ、甘い吐息が頬を撫でていった。

おでこを離した恭一郎さんと瞳が交わり、情欲を孕んだまなざしにトクンと心臓が跳ね上がる。再会してからこんな表情の彼を見たことはなくて、胸の高鳴りは増すばかり。そっと、彼の頬に手を伸ばしながら静かに頷いた。

恭一郎さんが私を抱きかかえて歩きだす。

そして、恭一郎さんが向かったのは、彼の部屋のベッドだった。

静かに私をベッドの上に下ろすと、私の上に覆いかぶさった彼が着ていた上着を脱ぎ去った。

ほどよく筋肉のついた美しい裸体が現れ、目のやりどころに困ってしまう。照れる私を見て彼がふわりと笑い、私の唇に再び甘いキスを落としてくる。

再会してからずっと三人でいたし、気持ちの整理がついていなかったこともあり、恭一郎さんはそんな私を気遣ってか、こんな風に迫ってくることはなかった。

今は戸惑いよりも喜びの方が大きく、彼が私を求めてくれるように私自身も彼の温もりに包まれたいと思っている。

「この瞳も、この身体も、誰の目にも触れさせたくない」

恥じらいの抵抗を奪うかのように私の両手は彼の手によってシーツに縫い留められ、一糸纏わぬ身体が彼の前に晒《さら》された。

「朔、とてもきれいだ。こんな風にずっと朔に触れたかった」

耳元で囁かれ、彼の唇が耳たぶから首筋に、そして鎖骨へと移っていく。

「……あっ……んっ」

「声、我慢しなくていいから。全身で俺に溺れていろ」

胸の中央の膨らみを指と舌で攻め立てられれば、自然と甘い吐息が漏れ宙に消えていく。私の反応を見て恭一郎さんが満足げに笑い、太ももの間に指先を滑らせた。すでに昂《たかぶ》り熱を持った蕾《つぼみ》を指でこすりあげられ、その先にある敏感な部分を指で掻き乱されれば、とめどなく蜜が溢れてきて、気づけばそれは太ももを伝っていた。丁寧に繰り返される愛撫《あいぶ》に私の身体は昂りを見せ、部屋には私の甘い声が響いていた。

「朔、愛してる……」

恭一郎さんが私の目を見てそうつぶやく。そして、ゆっくりと私の足の間に身体を押し付けてきた。熱く燃え滾るソレが私の中を蠢《うごめ》くたびに、さきほど以上の快感に襲われ自然と腰をくねらせる。安心感と幸福感で胸をいっぱいにしながら、彼の背中にそっと腕を回した。

あのとき彼が声をかけてくれなければ、私はこんなにも尊く愛おしい世界があることを知らずに旅立っていた。なにより彼と出会い歩んだ道があるからこそ、星来という宝物を授かることができたのだ。

「私も、恭一郎さんのことを……んっ、……愛してます」

今、この瞬間に、私の思いを彼の目を見て言葉で伝えたいと思った。

一瞬、彼の動きが止まり私の頬を撫で優しく微笑んだのが見え、そのまま深く唇を塞がれた。

「んっ……んんっ……」

一層、私の中で激しさを増す律動。

「朔……くっ……」

唇が解放されると同時に彼を見れば、余裕をなくした色っぽい恭一郎さんの顔があり、私自身も熱と快楽の渦に侵されていく。

中に降り注ぐ鮮烈な刺激に、もはやなにも考えることができなくて必死に彼の首にしがみつき喘《あえ》ぎながら、私の身体は何度も絶頂にひた走ったのだった。


久しぶりに恭一郎さんと身体を重ね、愛を確かめ合った翌日、朝食を食べ終えてから星来に恭一郎さんが星来の本当のパパであることを伝えた。伝えてすぐにはうまく理解ができなくてどこかきょとんとした表情を見せていたが、あれこれと質問をしてくる星来にひとつひとつ丁寧に説明すると、やっと理解できたようで星来は目を輝かせながら喜び、自分から恭一郎さんの胸の中へと飛び込んでいった。

「きょうちゃんパパ、抱っこして～」

星来が両手を広げ甘い声で恭一郎さんに抱っこをせがむ。

「いいぞ。今日は特別な日だから、星来の願いはなんでも聞くぞ」

恭一郎さんは軽々と星来を抱き上げ、その頬に自身の頬をすり寄せて微笑む。

花の便りが届き外は麗《うら》らかな陽気に包まれる中、その日、星来の誕生日を迎えていた。先日、無事に入籍を済ませた私たちは本当の意味で家族となり、家族となって初めて経験する行事が息子の誕生日となった。

頭上には星来の誕生日を祝ってくれているかのように雲ひとつない青々とした空が広がり、心地よい風が頬を通り過ぎていく。

「星来、まずはなにを見たいんだ？」

「せら、しょうぼうしゃがいい」

今日は星来が好きな働く車が展示されているテーマパークに来ている。実際に本物の乗り物に乗ることもできるので、きっと星来にもいい刺激になるだろうと思う。

「了解。じゃあ、まずはそこに向かおうか」

「うん！　しゅっぱつしんこう～！」

星来の興奮気味の声が耳に届いた。

自然と笑みが零れるのは、仲睦まじいふたりの様子を見て幸せを感じているからだ。

片手で星来を抱っこしながら、もうひとつの手で私の手を握ってくれる恭一郎さん。

こんな風に三人でいろんな場所に行って、これからはたくさんの思い出が刻まれていくのだと思うと、じんわりと心が温かくなるのを感じていた。

「ママ～！」

恭一郎さんとともに消防車の運転席に乗り込んだ星来が、窓から顔を出しこちらに向かって手を振る。私も手を振り返しながらビデオを回していた。

「せら、カッコいい～？」

「うん、とってもカッコいいよ！」

星来の問いにそう答えれば、星来は白い歯を出してうれしそうに笑ってこちらに向かってピースサインをして見せた。

家に戻り、星来の大好物料理と誕生日ケーキを食べ終え少し経った頃、席を外していた恭一郎さんがワンちゃんを抱きかかえてペットショップから戻って来た。星来がパッと顔を明るくしながら立ち上がり、恭一郎さんに向かって走っていく。

「星来、四歳のお誕生日、おめでとう」

恭一郎さんがゆっくりとしゃがみ込み、星来の頭を優しく撫でてからワンちゃんをその小さな手に慎重に抱かせた。

「ありがとう！　ワンちゃんとってもかわいい！」

星来はニッと笑い、すぐに愛おしげにワンちゃんを抱きしめた。

実はここ最近、三人でペットショップに何度か見学に行き、いろんなワンちゃんと触れ合い、最終的に星来が選んだのがこの人懐っこくて好奇心旺盛な生後二か月のトイプードルの赤ちゃんだった。つぶらな黒い瞳とレッドの毛色がとてもかわいらしい女の子だ。

「星来、ワンちゃんの名前は決めているのか？」

喜ぶ息子を前に、恭一郎さんが目じりを下げながら尋ねる。

「うーん……モモちゃんにする！」

少し考えた星来はそう言って、モモの鼻にチュッとキスを落とした。

＊＊＊

「星来、すごくうれしそうでしたね」

「ああ。寝るまでずっとモモのことを離さなかったもんな。明日からも過保護にモモのお世話をするのが目に見える」

クスクスと笑って恭一郎さんが目の前のワイングラスに手を伸ばした。

星来とモモが眠りにつき、我が家はシーンと静まり返っている。

今は恭一郎さんとふたりリビングのソファーに並んで座りながらお摘《つま》みとワインを口にし、今日一日のことを振り返っている最中だ。

「過保護なところはきっと恭一郎さんに似たんですね」

思わずそんな言葉が漏れた。

「そうか？　俺はそんなに過保護ではないと思うけどな」

ワイングラスをテーブルに戻しながら恭一郎さんが首を傾げる姿を見て、あまりの自覚のなさがおかしく思え、つい笑ってしまった。

「なんで笑ってるんだ？」

片肘をソファーの背もたれにかけながら、恭一郎さんがもう一方の手で私の頬を優しく撫で上げながら笑う。

「恭一郎さん、かわいいなと思って」

「そうか？」

「はい」

「でも、朔のかわいさには敵《かな》わないぞ」

恭一郎さんの顔が間近に迫ると、爽やかな石鹸《せっけん》の香りが鼻をかすめ唇が深く重なった。

そのまま何度かキスを交わすうちに彼が私の身体を引き寄せ、彼の太ももの上にまたがらされている状態になっていたことに気づく。上目で見れば、にやりと笑う彼がいてぎょっとする。

「ここからは俺たちが楽しむ時間だな」

戸惑っているうちに恭一郎さんが私の首筋に唇を這わせ始め、私のブラウスのボタンを上からひとつずつ外し始めた。

「こんなところで、ダメです」

「星来はぐっすり眠っているから、気にすることはないと思うけど」

恭一郎さんの手は止まることはなく、気づけばブラのホックまで外され素肌が晒された。明るい中で裸を見られることが恥ずかしくて、とっさに腕で両胸を隠そうとするが、それは恭一郎さんの大きな手によって阻止された。

「こんなに綺麗なのに隠す必要はないだろ？」

恭一郎さんの指先がスッと下腹部からおへそをなぞり、そのまま胸の中央の蕾に辿りつき、指で刺激を与えられれば先端がキュッと固くなった。

「こっちも、ちゃんとかわいがってあげないとな」

声を出さないようにと必死になっていると、恭一郎さんがもう一方の胸の先端に舌を這わせ始め、さきほどよりも強い快感が身体を走り我慢できなくて甘い声が漏れた。

「今日の……恭一郎さん、すごく意地悪……です」

「こんな色っぽい表情を見せられたら、我慢が利かなくなるのは当然だろ」

いつもよりも激しく身体中を愛撫され、気づけば静かなリビングには私の甘い声とクチュリとした粘着質な音が響き渡っていた。

「恭一郎さん……んっ……もうダメ。……いつもより深っ……あっ」

「朔のこんな顔を見られるのは、俺だけの特権だな」

彼にまたがったまま、今まさに彼が私の中にいる状態。いつもと違う体勢のせいかこれまで以上に身体の奥深くを刺激され、すぐにでも絶頂に達してしまいそうで思わず腰を浮かせようとくねらせた。

「朔、逃げちゃダメだろ？」

だけど、腰の辺りに置かれた恭一郎さんの両手でがっちりと抑え込まれる。そして、そのままとどめのように腰を高く突き上げられれば、頭が真っ白になり私は身体をブルブルと震わせた。

「朔の肌は本当に絹のようになめらかで、ずっと寄り添っていたくなる」

「私も恭一郎さんの腕の中にいると気持ちがすごく安らぎます」

結局、あのあとお風呂でも、ベッドでも身体を繋げ合い甘い時間を過ごした。それでも足りないとばかりに、今も互いの温もりを確かめ合うように彼の腕の中に包まれている状態だ。

「来年の誕生日も、家族で過ごして星来の喜ぶ顔が見たいな」

恭一郎さんがふわりと笑う。

「そうですね。これからもたくさん思い出を作っていきたいですね」

オレンジ色のダウンライトに照らされる穏やかな顔を見つめながら、私はコクンと頷いた。

「なぁ、朔……？」

「なんですか？」

パジャマを着て星来のいる寝室に行く準備をし始めると、恭一郎さんが声をかけてきた。今は、恭一郎さんの部屋に三人で寝ている。

「三人での生活も落ち着いてきたし、そろそろ結婚式の話も進めていかないか？」

ガウンを羽織りながら恭一郎さんがこちらを向く。

「結婚式……そうですね」

籍を入れた当初から恭一郎さんの口から結婚式の話は出ていた。やるにしても三人か、ごく親しい人を呼ぶ形の小さな式ということなのだが。

もちろん私も、小さい頃からいつかウエディングドレスを着てみたいという憧れがあったし、星来に家族の形を見せるためにも結婚式を挙げることには反対していない。

だけど、ひとつだけ気がかりなことがあって、私の中ではそれをクリアにした状態で結婚式を挙げたいというのが本音だ。

どう伝えれば恭一郎さんは理解を示してくれるだろうかと、ベッド横のサイドテーブルにある置き時計の秒針をぼんやりと見つめながら考えていた。

「なにか思うところがあるならちゃんと言ってほしい」

恭一郎さんの影が前に落ちハッと我に返る。私を見つめる恭一郎さんの瞳はどこか不安そうに見えた。

「あの、私……」

「うん」

「結婚式を挙げることはすごく賛成です。ただ、挙げるならば大切な人たちに感謝を伝える場所にもしたいんです」

横に腰を下ろした彼の目を真っ直ぐに見て、私はゆっくりと自分の想いを吐露し始めた。

「結婚式に呼びたい人がいるってことか？」

恭一郎さんはすぐに私の発言の意図を汲み取ってくれて、ふわりと微笑み私を見つめ続ける。

「はい。……恭一郎さんのお父様をお呼びしたいんです」

ずっと私の中にあった小さなしこりを吐き出すと、恭一郎さんは一瞬、大きく目を見開いて固まった。

籍を入れたものの、実は一度も恭一郎さんのお父様にはご挨拶をしていない状態だ。恭一郎さんが電話でその事実をお義父《とう》様に伝えてはいるので、私たちが結婚したこと、そして星来のこともお義父様は知ってはいるが、私の中でずっと胸にもやもやしたものがあった。

恭一郎さんとお義父様の間にある問題を私も重々理解はしている。でも、できれば仲直りをしてほしい。そのうえで星来にも会ってほしいという思いがある。

恭一郎さんが本当にお義父様のことを憎んでいるのならば、遠谷組をすぐにでも出たはずだし、組がなくなった今だって連絡すら取らないはずだ。

でも、彼はそうしなかった。それは恭一郎さんの中にお義父様に対する愛情があるからなのではないか、ずっとそう思ってきた。

「自分勝手なことを言ってすみません。でも、恭一郎さんに後悔をしてほしくないんです」

「後悔？」

「はい。お義父様と目を見て話せるうちに恭一郎さんの本当の想いを伝えてほしいです。私にはそれができないから。……私はもともと父の顔を知らないし、たったひとりの肉親だった母も突然いなくなってしまったので、母に感謝の気持ちをもう伝えることはできない。でも、恭一郎さんにはそれができる。だから、きちんと向き合ってほしいんです」

気づけば、いろんな想いが溢れて視界が滲んだ。

「……いろいろと心配をさせて悪かったな。朔の気持ちは分かった。今すぐここで答えを出すことはできないが、前向きに考えたい。だから、少し待ってほしい」

恭一郎さんは私の方を真っ直ぐに見てそう言って、優しく涙を拭ってくれた。

今日は恭一郎さんがお休みなので、私が仕事の間、星来とモモの面倒を見てもらうことになっている。星来もモモも爆睡中なので、家の中はまだ静寂に包まれている。

「星来とモモのお世話、よろしくお願いします」

「ああ。気をつけてな。世話は任せてくれ」

「ではいってきます」

きっともう一時間くらいしたら騒がしくなるんだろうな、そう思いながら玄関のドアに手をかけた。

マンションを出て、最寄り駅に向かう。背中に春の陽気を感じ、自然と気持ちが高揚していく。

先日、恭一郎さんに自分の思いを伝えた際、彼は前向きに考えてくれると言ってくれた。ふたりの関係がどうか修復されるように願わずにはいられない。今日も一日仕事を頑張って、とにかく今は、私も目の前のことに全力投球するのみだ。今日も一日仕事を頑張って、早くあの場所に帰りたい。

帰る場所ができたことは、私の心をより一層、穏やかにしてくれていた。

「おはようございます」

「お、はようございます……」

職場に着いて挨拶をすると、雰囲気がいつもと違うことに気づいた。他の従業員の態度がどこかよそよそしく感じたのだ。私に向けられる視線はまるで腫れ物でも触れるかのように冷たく、戸惑いに満ちているかのようにも思える。

なにかしでかしてしまったのだろうかと、心がざわめき出した。

「朔さん、ちょっと！」

みんなの態度が気になりながらも始業時間が迫っていたので、更衣室に向かおうとしていたところに那奈に声をかけられ、そのまま奥の誰もいない休憩室に連れて行かれた。

「朔さん！　なんか大変なことになっています」

不安げな那奈の瞳が向けられ、思わず顔を強張らせた。

「大変なことって……なにが起きたの？」

おそるおそる那奈に聞き返す。

「……実は今朝、匿名で店にファックスが届いたみたいなんですけど、その内容が……これです」

那奈が携帯の画像をこちらに向けて差し出す。

「なに、これ」

そこには私と星来、そして恭一郎さんが写る写真があった。二枚目にはゾッとするような文言が並んでいて思わず言葉を失う。

【この女は男たらし。子供そっちのけで男にのめり込んでいる】

【相手は反社の人間】

【そんな女を雇っているなんてこの店は品位がなさすぎる】

明らかな私への憎悪を感じて身体が震え出した。

先に出社していた那奈が、私にこのことを知らせるため画像を撮ってメールをしようとしたところ、私が出社したことに気づき慌てて声をかけてきたようだ。聞けば、ネット上のお店の口コミ欄にも「反社と関わりがある店」などという口コミがいくつか書かれていたという。

いったい誰がこんなことをしたのだろう、と胸のざわめきは増すばかりだ。

「相手が反社って……これって本当のことなんですか？　朔さんのお相手ってあのお医者さんでしょう？　反社とは関係ないですよね？」

那奈が心配そうに私を見る。

彼女には恭一郎さんとのことを少しだけ話していたが、恭一郎さんの過去についてまでは話していなかった。

でも、この状況で嘘をつくことはできないし、普段仲よくしている相手に嘘でごまかすのは罪悪感がある。私は悩んだものの、那奈に本当のことを伝える決心をして静かに話しだした。

「……実は彼、昔、そういう世界にいたの」

「え？　そうだったんですか？」

那奈が目を丸くする。

「でも、今は完全に足を洗って医師として働いてるの」

「そういうことだったんですね」

那奈は最初こそ動揺なのか瞳の奥を揺らしていたが、その後は私を真っ直ぐに見て、時折相槌《あいづち》を打ちながら話を聞き続けてくれている。

「朔ちゃん、ちょっといいかな？」

那奈と話していたところに店長がやってきて話が遮られた。

恐らく店に届いたファックスのことについて話を聞かれるのだろうと、容易に推測ができた。胸の疼きが大きくなる中、私は那奈に断りを入れてから店長のあとに続き部屋を出た。

連れて行かれた場所は、店長がいつも事務作業している五畳ほどの事務室だ。店長はパイプ椅子をテーブルの前に置いて、そこに座るように促してきた。

「仕事前に時間を取らせてしまって申し訳ないが、この件について聞いておきたいと思って」

向かい合う形で座ると、申し訳なさそうに店長が今朝、店宛に届いた文書をテーブルの上に置いた。

「ご迷惑をおかけしてしまって本当に申し訳ありません」

このことが、店に打撃を与えることは容易に推し測ることができる。反社との繋がりにはみんな敏感だから、これがたとえ嘘だとしても一定数の人はそういう店というくくりをしてこの店を敬遠するかもしれない。

「プライベートなことを聞くのは恐縮なのだけれども、朔ちゃんのお相手が反社の人というのは、本当のことなのか？」

戸惑いが滲む瞳が向けられ、シーンとその場が静まり返った。

「……彼は今、医師として働いていますが、昔、そういう世界にいたことがあるのは事実です」

「そうだったのか」

店長の目を見ながら事実を伝えると再びその場に沈黙が降りて、店の前の通りを走り去っていく車の音がやけに耳に届いた。

「ファックスを送ってきた相手に心当たりはある？」

「いえ。まったく見当がつかなくて……すみません」

「そうか」

店長は私の話を聞いてなにかを考え込んでいる様子。胃がキリキリと痛むような張り詰めた空気が辺りを包み込む。

「きちんと話してくれてありがとう。こちら側でもこのファックスの件を調査するから、ひとまず仕事に戻ってくれ」

「……はい。本当にご迷惑をおかけして申し訳ありませんでした。失礼します」

椅子から立ち上がり、深々と頭を下げてから私は事務室を出て更衣室に向かい、着替えを始めた。

私がいると他の従業員さんが仕事をやりづらいのではないか。なにより店の風評被害が心配で気が気ではなく、何度も重い溜め息が宙に消えていった。

仕事開始前に店長が今回の誹謗《ひぼう》中傷の件について警察に相談、場合によっては法的措置を取ると、みんなの前で説明した。店長は私を突き放すことなく庇ってくれたが、いろんな意味で申し訳なくて胸が張り裂けそうだった。

そんな私に追い打ちをかけたのは、その日の昼の客足が明らかに減ったことだった。ネット社会においてあのような情報がばらまかれれば、多大な影響が出てしまう。それはここ、ひだまりキッチンにおいても例外ではなかった。

「朔さん、そんなに気にすることないですよ！　朔さんはなにも悪くないじゃないですか」

休憩時間、那奈が元気のない私を励ましてくれようとする。

「でも、店に迷惑をかけていることは事実だから」

気を抜いたら泣き出してしまいそうだ。普通に接してくれる那奈の優しさが心に沁みる。

「私のこと怖くないの？　無理に関わろうとしなくてもいいんだよ？」

店長はみんなの前で庇ってくれたが、那奈と店長と奥さん以外は、今朝から私のことをどこか避けている。那奈だって本当は私のことをよく思っていないのではないか、そんな憶測に心を閉ざしてしまいそうになる。

「私は朔さんのこと変わらず好きですよ。いつも優しいし私のことを気遣ってくれますもん。私、朔さんみたいなお姉ちゃんがいたらいいな〜って本気で思います」

意外なことを口にした那奈に驚き、目を見開いた。

「あの人は朔さんが本気で好きになった人ですよ？　星来くんを命がけで守ってくれたヒーローですよ？　そんな彼が悪い人なわけないですよ！」

那奈の言葉に少し心が軽くなるのを感じながら、私は黙って強く頷いた。


今日は私にとって、とてつもなく長く重い一日だった。

店長の奥さんが運転する車の助手席に座りながら窓にふと目をやると、外は夜の暗がりに包まれていて、その光景が一層、私を深い闇にいざなっていく。

「いろいろとご迷惑をおかけして、すみませんでした」

車がマンション近くの道路の片隅に停まったタイミングで、奥さんの方を見て私は頭を下げた。

「気にしなくていいのよ。朔ちゃんは堂々としていればいいの」

奥さんが私の身を案じて車で送ると言いだし、ここまで送ってもらったという状況だ。奥さんは気にしなくていいと言ってくれたけれど、いろいろと迷惑をかけたことを考えると、仕事を辞めなければいけないだろうと思っている。

ぼんやりとそんなことを考えながらシートベルトに手をかけ、車から降りる頃合いを計っていた。

「朔ちゃん、店を辞めようとか考えていたら許さないからね」

「え？」

まさかのタイミングで発せられた言葉に目を丸くしながら、奥さんの方を見た。カチカチという規則的なハザードランプの音に重なるように、自身の鼓動がドクドクと波打つ。

「……これ以上、おふたりの優しさに甘えるわけにはいきません」

首を横に振りながら奥さんの顔を見つめる。

「なに言ってるの！　私も主人も朔ちゃんとこれからも一緒に働きたいって思っているから。明日からもよろしくね。こんなことで負けちゃダメ。私たちは朔ちゃんの味方だから」

奥さんは優しく微笑みながら私の肩に手を置く。

思ってもみなかった温かい言葉をもらえたことに胸が震え、気づけば頬をとめどなく涙が流れていった。

朔が仕事から帰ってくるまでにやることは多々ある。まずは星来とモモの朝ごはんを済ませてから散歩に向かうことにした。

「モモちゃん、きょうもかわいいね」

「そうだな。今度、モモの新しい服を見に行くか？」

「いく～！」

＊＊＊

春の陽気に包まれる中、星来とモモを連れてマンション近くにある公園を目指す。

星来がリードを引く姿も様になってきた。

星来はモモを溺愛中だ。毎日の日課である散歩にはほぼ同行するし、ごはんをあげたりブラッシングなど自分から率先してやろうとする。

またマンションに移り住んでからも、お義母《かあ》さんの仏壇の水の取り替えも欠かさずやっている。優しく律儀で面倒見がいい。きっといつか兄弟ができたら過保護になるに違いないと思うと、自然と笑みが零れた。

「きょうちゃんパパ～、さくらきれい」

河川敷の桜並木を見て星来が興奮気味に叫ぶ。星来は俺が自分の本当のパパだと知ってから、『きょうちゃんパパ』と呼んでくれるようになった。まだ頭に『きょうちゃん』がつくのは、照れからの反応だと思っているが、それでも俺のことをパパと認識してくれたことがたまらなくうれしく、この子のためならばなんだってしたいという衝動に駆られる。

こんな俺を受け止めてくれた星来。だからこそ、俺は自分の命に代えてでもこの笑顔を守りたい。

星来とモモに目を向けながら、ふとあの日、朔に言われたことを思い出していた。

朔と星来が一歩を踏み出してくれたように俺自身も、前に踏み出さなければいけないと強く思った。

……近いうちに親父と会ってきちんと話そう。

そう決心し空を見上げていると、星来が俺の手を引いた。

「さくら、ママにもみせたい！」

「そうだな。ママが帰ってきたらみんなで花見に行こうか？　夜桜綺麗だろうな。屋台はからあげとか焼きそばとか美味しい食べ物もたくさんあって、きっと楽しいぞ」

「いく～！　せら、からあげとたこやきと、クレープたべたい」

花より団子とは、このことだろう。

食いしん坊なのは朔に似たんだな、と思いながら星来の頭を優しく撫で上げた。

「ああ、いっぱい食べて大きくならないとな」

こんな日常が愛おしい。これからはずっとこんな穏やかな時間が流れていくことを切に願っている。

「恭一郎……？」

星来とモモを散歩させながら桜並木を眺めていると、聞き覚えがある声が前方から届いた。

「……仁さん？」

見れば、そこには懐かしい顔があった。ブラックスーツをカッコよく着こなしたその姿は昔と変わらない。

「元気だったか？」

「……はい」

仁さんがふわりと笑い、こちらにゆっくり近づいてきた。互いに普通を装っているように見えるが会話が思うように続かない。

それは互いに「あのこと」を気にしているからに違いない。

現にあれ以来、俺と仁さんは一度も連絡を取っていなかった。

「きょうちゃんパパ～、このおにいさんだぁれ？」

星来の曇りのない瞳が仁さんを見上げる。

「……このお兄さんはパパのお友達だよ。仁さんって言うんだ」

「おともだち？　じんさん？」

「ああ」

まさか本当のことは言えない。友人ということにしておこうと、とっさにそうごまかした。

「こんにちは。とおやせらです」

普段から人見知りをしない星来。俺の友達だと知って挨拶しなければいけないと思ったらしい。

「星来、ちょっと向こうでモモと遊んでてくれるか？　パパ、仁さんとお話があるんだ」

「はーい！」

リードを引いた星来が、モモを連れてすぐそばにある大きな桜の木の方へと走っていった。

「恭一郎は今、医師として働いているんだろ？」

「え？　あ、はい。どうしてそれを知ってるんですか？」

「この前、偶然、街中で愁に会って聞いたんだ」

「そうでしたか。仁さんは今、なにを？」

「俺は派遣会社を設立して仕事の斡旋《あっせん》をしている傍ら、最近探偵業も始めたんだ。なにか困ったことがあったら連絡くれ。これでも腕はいい方で、もはや探偵業の方が本業と言ってもいいほど、仕事が殺到しているんだ」

仁さんが名刺を差し出してきた。

「それにしても驚いたよ。あのクールな恭一郎があんなにもデレデレした顔をするとはな。昔じゃ考えられなかった」

見れば、クッと口角を上げて仁さんが笑う。

そのまなざしが痛くて視線をコンクリートに移す。羞恥心に駆られ頬が熱くなるのを感じていた。

「いろいろありましたが、今は籍を入れて朔と子供と三人で暮らしています」

「……そうか。それを聞いて胸のつっかえが取れたよ。あのときふたりの仲を裂いてしまったのは俺だったから」

仁さんの申し訳なさそうな声が耳に届き、仁さんの方に視線を戻す。

「……あれは組を存続させたいがための、俺の単なるわがままだった。それに恭一郎や朔さんを巻き込んでしまって申し訳なく思っている」

深々と頭を下げる仁さんの行動に戸惑い、とっさに彼の肩に手をかけた。

「止めてください。今はなんとも思っていないですから」

確かに真実を知って仁さんを恨み、行き場のない怒りを静かに仁さんという存在にぶつけ続けた時期があったのは事実だ。

でも、あのとき俺自身がもっとしっかりしていれば、組のことも朔のこともちゃんと守ることができていたはず。すべては俺の未熟さが招いたことだと、今になっては思う。

「恭一郎は本当に、親父さんに似て心が広いやつだな」

頭を上げた仁さんが昔を偲《しの》ぶようにそう言って、星来たちに優しい瞳を向けた。

「こんなことを俺が言うのもなんだが、親父さんのところにも会いに行ってやってくれ。あの人はおまえが来るのをずっと待っているに違いないから」

「朔にもそれを言われています。会いにいくつもりでいますが、でも、組を潰すきっかけになった俺を、親父が実際はどう思っているのかとか、いろいろ考えてしまうんですよね」

ポツリと本音が漏れた。

表向きには自身の襲撃を理由に組を廃業としたが、本当は俺のことを思ってのことだと認識している。親父から直接聞いたわけではないが、すべての責任を自分が背負い、俺がカタギとして生きる道を作ってくれたのだと思う。

親父が守ってきた遠谷組。親父は俺に組を継がせたかったはずだ。

それでも、親父には俺の気持ちが痛いくらいに分かったのだろう。最終的には俺が組を離れられるような決断をしてくれた。

「あの人の心は海のように大きい。だから、そんなことを思っているわけないだろう。ただすれ違ってしまって素直になれなくなっているだけだ。本当はおまえのことを心から愛していると思うぞ」

「そうだと、いいんですけどね」

仁さんの言葉が胸の奥底に響き、じんわりと心が温かくなるのを感じながら星来たちに視線を移した。

＊　＊　＊

「遅くなってすみません」

「朔、おかえり」

時計の針は十八時半を回ったところ。仕事が押したのか、朔はいつもよりも遅めに家に帰ってきた。

朔が帰宅するとモモはすぐに朔の方に駆け寄り、甘い声を出しながら朔の足元をくるくると回り出した。

「モモ、ただいま」

朔はモモの頭を撫でてから自身が着ていたカーディガンを脱ぎ、俯き気味にキッチンにいる俺の方に向かって来た。

「星来は部屋で寝ているよ。公園で遊んで疲れたみたいで、帰ってきてからぐっすりだ。朔が帰って来たらみんなで花見に行こうと話していたから、そろそろ起こそうかと思っていたところだ」

「そうでしたか」

「なにかあったのか？」

あまり目を合わせようとしない彼女の様子が気になり、何気なく朔の顔を覗き込んだ。

「いえ、なにもないですよ。お花見楽しみで……」

「目が赤いじゃないか。泣いていたのか？　それとも熱があるんじゃ……」

とっさに朔のおでこに手が伸びた。

「熱はないようだな。だとすれば、なにがあった？」

彼女の様子を見て気が気じゃなくて心のざわめきが大きくなっていく。

とっさに彼女の手を取りリビングのソファーに朔を座らせ、そっと彼女の背中に手を置いた。

「もうひとりで抱え込むのはやめてほしい。家族なのだから俺のことをもっと頼ってくれ。俺は朔と星来の一番の味方でありたいんだ」

ギュッと背中に置く手に力を込めた。

「実は……」

しばらく朔の背中をさすっていると、彼女が意を決したように俺の方を向き自身になにがあったのかを語り始めた。

朔の話を聞き、頭に血が上ったのは言うまでもない。

目を覚ました星来の着替えを朔がさせている中、俺はひとり書斎の窓からぼんやりと街の灯りを見下ろしていた。気持ちを落ち着かせようと何度も深呼吸をしてみるが、一向に胸の動悸《どうき》も苛立ちも収まることはない。

でも、ここで俺がこの思いのままに暴走すれば、朔を悲しませる結果になることは今までの経験から学んだ。

朔はあの襲撃のあと、俺が医師の反対を押し切って朔に会いに行き、組や周りに目を向けなかったことに心を痛め、俺から距離を置いたのだ。だからもう二度と、彼女に後ろめたく思わせるような轍《てつ》は踏まない。

だが、こんな姑息《こそく》な手を使った犯人を絶対に捕まえてやる。どんな手を使っても、朔や星来にとって害悪になるものは徹底的に排除してやる。その気持ちはぶれることはない。

おもむろに胸ポケットから携帯を取り出す。そして、ひと呼吸置いてから俺はある番号に電話をかけた。

「もしもし。恭一郎です。実はお願いしたいことがあります」

静かな怒りを燃やしながら、俺はその人物に用件を伝え出した。

＊＊＊

それから数週間が過ぎたその日、俺は仕事を終えると、ひとりである場所へと向かった。

「おまえだったんだな」

俺の言葉に肩をビクッとさせながら、その人物がこちらを振り向いた。

ボディーラインを強調するような黒のロングワンピースを着たその女。スラッとしたモデルのようなスタイルと、黒く艶がかった髪はあの頃と変わらないように見える。

「き、恭一郎さん、どうしてここに」

「おまえの手下を脅したらあっさり協力してくれたよ。ここでおまえと会うようにセッティングしてくれた。朔に嫌がらせをした犯人はおまえだよな。言い逃れができないように裏は取れてる」

数枚の写真を見せると彼女は……新渡戸菜月は驚いたように切れ長で涼しげな瞳を見開き、動揺から顔を青く染めた。

朔への嫌がらせの犯人はこの女だった。新渡戸組の組長の娘である菜月は、あのときの俺の縁談相手だ。

当時、俺との縁談が流れたあと、菜月は何度も俺に会いに来た。それでも俺には朔以外と一緒になるという選択肢はなかった。

だからきっぱりと断ったが、菜月の中では納得がいっていなかったことを今回の件で思い知らされた。

最近になって偶然、俺と朔と星来が歩いているところを街中で見かけたようだ。

それが彼女の自尊心を傷つけ、その憎悪が朔に向かったということだったらしいが、そんな自分勝手な行為が許されるわけがない。

「私はあの女が許せなかったの！　だから、あなたたちを見かけたときに撮った写真にあの女が困るようなことを書いて、それを店に送りつけてやったのよ！」

「ネットの口コミサイトにああいうことを書いたのもおまえか？」

「……あれも頼んで手伝ってもらったのよ」

菜月は悪びれることもなく、苛立ちを含む瞳をこちらに向けてきた。

「そのおまえの行為が、どんなに朔を傷つけたか分かるか？」

「私の方が傷ついてるわ！　私の気持ちに応えてくれない恭一郎さんが全部悪いんじゃない！」

ヒステリックな声が耳に届き、不快感から眉根を寄せた。

ああ、そうだった。この女はこういう生き物だった。自分が正義で自分の思い通りにならないと気が済まない。

ワガママで傲慢でプライドが高い。俺の嫌いなタイプだ。

「すべてが自分の思い通りにいくと思ったら大間違いだ。俺がおまえに惚れることなど絶対にない。こんなことをしたおまえを俺は許さないからな」

「なによ！ ちょっと嫌がらせをしたくらいでそんなに怒らなくていいじゃない。私にこんなことして、ただで済むと思ってるの？ パパに言ったらあなたは消されるわよ」

しまいには菜月は開き直り始めた。

根性まで腐っているとは救いようがない。本当に哀れな女だと思った。

「おまえが父親に泣きつく前に、俺がここでおまえにとどめを刺したらそれもできないな」

静かに菜月の首元に手を伸ばし、スッと指でなぞった。

「なにをする気なの？」

「ここは防音室だ。泣き叫んでも誰にも届かないし、電波も通じない。だったら今この状況で強いのは、おまえと俺のどちらだろう？」

反射的に後ずさりした菜月。いつの間にかコンクリートの壁へと追い込まれ、逃げ場を失った彼女が顔を強張らせた。

「こ、こんなやり方は間違ってる！」

「それはお互いさまだろ？」

極道の世界に生まれた時点で、俺たちの中での普通や罪の意識、価値観も全部、一般の世界からずれているのだ。この女がやってることも、俺自身がやってきた過去の行いも決して許されるべきことじゃない。

「やめて……やめてってば！　お願いだから！」

菜月の首元を絞めるジェスチャーをすると、彼女は怯えた目をこちらに向け、そう懇願した。

「……もう遅い」

「ごめんなさい。私が悪かったわ。だから……」

ガタガタと身体を震わせ泣き出し、菜月は床に崩れ落ちた。

菜月を殺《あや》める気は最初からなかった。そんなことをしてしまえば、朔たちといられなくなることを痛いくらい理解しているから。

「二度と俺たちに近づくな。次、近づいたらおまえの人生を終わらせてやる」

俺は、スーツの胸ポケットから彼女のもとに一枚の写真を差し出した。

「どうやってこれを」

彼女が目を見開きながら俺を見上げる。その顔は明らかに怯えていた。

「知り合いに優秀な探偵がいるんだ。おまえのところの組は薬だけは絶対にご法度だったよな。娘のおまえが薬で金をせしめていたと知ったら、あの組長はどんな行動を起こすだろうな？」

俺が菜月に見せたのは、こいつと覚せい剤の密売を主な資金源として活動する勝嵜《かつざき》組の組員が、薬の売買をしているところを写した写真だ。

それに菜月が激しく動揺したのは言うまでもない。

「お願い。パパには……このことを言わないで……ください」

俺が予想していた通り彼女はそう懇願し、態度を豹変《ひょうへん》させた。新渡戸組の組長は家族にも容赦ない。俺はそれを知っていて利用する形を取ったのだ。

「俺たちに近づかなければ、誰にも言うつもりはない」

「……分かりました。二度と、あなた方には近づきません。約束します」

そう言って菜月は俺に向かって頭を下げた。

愛する者を守るためならば、冷酷になれるし相手が女でも容赦しない。

昔の俺だったらこれだけじゃ済まなかっただろう。

でも、俺の暴走が朔の重荷になっていることを知った今、これが俺なりのギリギリの譲歩の形なのだ。

温かな世界に忍び寄る影

「俺のせいで朔を巻き込んでしまって本当にすまない」

「恭一郎さんは悪くないですから、頭を上げてください」

星来が寝たあと、話があると恭一郎さんに言われ、誹謗中傷の犯人が五年前の恭一郎さんの縁談の相手であったことを告げられた。そして、二度とこういうことをしないように手を打ったとも聞いた。

彼女を訴えることもできるが、そうなると彼女の後ろにいる新渡戸組を敵に回すことになる。そうなることで、恭一郎さんがまたあちらの世界の関係者と関わることになるのが嫌だった。なにより報復として星来の身になにかあっては困るので、いろいろふたりで話し合った結果、彼女を訴えないと心に決めた。

あれからひだまりキッチンの客足も戻り、恭一郎さんが知り合いに声をかけて新規の客を呼び込んでくれたのもあって、売り上げは前よりも伸びる形になっている。店長たちも訴えないという方向で納得してくれたので、なんとか一件落着し久しぶりに心穏やかな時間を過ごせている気がする。

「朔、ちょっとここに座ってくれるか？」

お風呂から戻り寝室に向かうと、先に寝る準備をしていた恭一郎さんがベッドの方に手招きするので、足を進めていった。

「どうかしたんですか？」

髪に巻いたタオルを外しながら隣に座り彼を見つめると、そっと彼が私の手に自身の手を絡めてきて真剣な瞳を向けてきた。

「……親父のことなんだが、あれから俺なりにいろいろ考えてみたんだ」

「考えはまとまりましたか？」

尋ねる声が少し震えてしまったのは、なんとも言えない緊張感に襲われていたからだ。

「ああ。答えが出た」

だけど、すぐに穏やかなまなざしが降ってきて、私の中を駆け巡る緊張は影を潜めていった。

「朔と星来に出会ってからふたりと片時も離れたくないと心から思うようになった。俺にとってふたりがかけがえのない存在であるように、親父にとっても母さんはなにものにも代えがたい大切な存在だったからこそ、常に一緒にいたかったのだろうと気づいたんだ。だから今なら、親父の気持ちを理解できる気がする」

「恭一郎さん……」

私を見つめる恭一郎さんの表情は、晴れやかに見える。

「今度、親父に会ってくれないか？　星来のことも親父に会わせたい」

彼の表情を見て、そして彼の言葉を聞いて自然と表情が和らいだ。恭一郎さんが前に進もうとしてくれていることがなによりうれしい。

「はい。喜んで。私もご挨拶させていただきたいです」

彼の手を握り返し、強く頷いた。

「朔、いろいろありがとうな」

恭一郎さんがふわりと笑い胸元へと私を引き寄せる。すると、心が今まで以上に満たされていくのを感じ、そっと彼の背中に手を回した。

それから数週間後、母のお墓に寄ってから恭一郎さんのお父様のところに三人で挨拶に向かうことになった。

恭一郎さんの車に乗り込むこと三時間あまり。現在、恭一郎さんのお父様が住んでいるという静岡県に着いた。

「じぃじ、ここにいるの？」

後部座席のチャイルドシートに座る星来が、足をぶらんぶらんとさせながら恭一郎さんに尋ねた。

「ああ、そうだよ」

恭一郎さんが広い駐車場に車を停めながら、星来にそう答えた。

周りを山に囲まれた静かな集落にある、昔ながらの瓦屋根の古民家風の一軒家。

敷地内には畑もあり、そこには作物が植えられていて整備が行き届いているように見えた。

「じぃじ、星来に会えることをすごく楽しみにしているから、会ったら仲よくしてやってくれよ」

「はーい！」

星来はまったく緊張していない様子だ。恭一郎さんは車を停め終えると、後部座席に座る星来をチャイルドシートから降ろして手を取った。

「行こうか」

「はい」

恭一郎さんと目が合いコクンと頷く。

自分の親に会うというのに、恭一郎さんは黒のスーツに水色の小紋柄のネクタイという畏まった格好をしている。そのネクタイは私があの日、彼に選んだものだ。ずっと彼が捨てずに持っていたことを知ったのは、数日前。彼がクローゼットから今日着る服を選んでいたときだった。恭一郎さんは、お義父様に会いに行くと決意した日からこのネクタイをつけると決めていたらしい。

私も彼に合わせ、柔らかなベージュのひざ丈のAラインワンピースという上品な装いで来た。その胸元にはあの日、彼にもらったオープンハートのネックレスがキラリと光っている。

少しばかり緊張で落ち着かない心臓を鎮めようと、静かに深呼吸をしながらネックレスに一度触れ、手土産が入った紙袋とハンドバッグを手に取った。

「よく来てくれたね。今日は朔さんと星来くんに会えてとてもうれしいよ」

優しい声色が耳に届く。

元組長ということで見た目が強面だと勝手にイメージしていたが、実際、会った彼のお父様は背丈も顔も恭一郎さんにそっくりで、また物腰が柔らかくよく笑う方だった。

茶の間に通され、用意されたお寿司《すし》やオードブルを食べながら和やかな時間が流れていく。恭一郎さんとお義父様も、最初は少しぎこちなかったものの、星来がいい意味で緩衝材となり、今は普通に会話を交わしている様子に見えてほっと胸を撫で下ろす。

「じぃじときょうちゃんパパ、かおそっくり」

「そうかな？」

「ふたりとも、かっこいいよ」

「ありがとう」

食事がだいぶ進んだ頃、お義父様が昔のアルバムを持ってきてくれて、星来はじぃじの膝に座りながら一緒にアルバムを見ている。

その様子を見て恭一郎さんはうれしそうに頬を緩ませていた。

「星来くん、天真爛漫でかわいいな。こんなにも穏やかな気持ちになれたのはいつぶりだろう」

朔とともに庭に出て、蝶々《ちょうちょう》を追いかける星来を見て親父が目を細める。

「親父がそんなにデレデレな顔をするとは意外だな」

親父と縁側に座り心地よい光を浴びながら、思わずそんな言葉が漏れた。

「おまえにとってみれば、俺は厳しい父親だったものな。それに……おまえから母さんを取り上げてしまった最低な父親でもあった」

切なげな声が届き、とっさに親父の方を向くと、そこには悲しげな表情を浮かべる姿があった。

「すまなかったな、なんて言葉では決して許されないのは分かっている。この罪を俺は墓場まで持っていき、自分を戒めるつもりでいた。次、おまえと会うのは俺の葬式の時だと思っていたんだ。だから、今日おまえが家族と一緒に会いに来てくれたことは……奇跡みたいに思えて……」

「親父……」

親父の瞳が赤くなっているのに気づき、瞠目《どうもく》する。親父のなかでもずっといろんな葛藤があったのだと知り胸が痛んだ。

「すっかり涙もろくなってしまったな」

頰を伝う涙を拭いながら親父が天井を仰ぐ。

「俺にとってあんたは強くて人情味溢れる立派な父親だ。朔と星来に出会えて守りたいものができた今は、親父の気持ちもすごく理解できる。だから、今はあんたのこと恨んでなんかいねぇよ」

それは同情でもその場を取り繕うための言葉でもない。

心からの俺の本心だ。

「恭、一郎……」

親父の背中にそっと手を置くと、親父は肩を震わせて俯いた。

昔はあんなにも遠く大きく見えたその背中が、今は小さく思えて守ってやりたいとそんな思いに駆られる。

「これからはここに頻繁に会いに来る。星来も気に入ったみたいだしな。だから、長生きしろよ、親父」

静かに頷く親父を見てこちらまで胸が熱くなり、ギュッと唇を噛んで上を向いた。

＊　＊　＊

「二十一時くらいには戻るつもりでいるから」

「分かりました」

「じゃあ行ってくる」

「あ、待ってください。ネクタイが曲がってます」

玄関を出ようとすると朔に止められ、彼女の手が俺の胸元のネクタイに伸びる。

時刻は十七時を回ったところ。夕飯の支度の途中だった朔は淡いピンク色のエプロン姿で玄関先まで見送りに出て来てくれている。

今日は午後から有休をとり早めに病院から戻って来ていた。実は今日の夜、都内のホテルで恩師の久我《くが》先生の退職パーティーがあり、今から車で会場に向かう予定でいる。

「これでネクタイ、いい感じかと」

「ありがとう」

まさに新婚だと言わんばかりのやり取りに心が高揚して無意識に破顔する。そして、こちらを見上げる彼女の優しい瞳に吸い寄せられるように近づき、彼女の唇にキスを落とした。

「危うく、いってきますのキスを忘れるところだった」

一旦唇を離しそう囁くと、彼女は頬を紅潮させながら照れ笑いを浮かべる。そんな彼女が愛おしく思えて、今度はさきほどよりも深く朔の唇を塞いだ。

「……んっ、恭一郎さん、遅れちゃいますよ……。私も、星来の迎え……に行かなくちゃ……」

「あともう少しだけ、こうさせて」

彼女の舌に自身の舌を絡めると、それに応えてくれるように朔の舌がぎこちなく動く。そして、甘い声が耳に届けば理性が崩壊しそうになり、泣く泣く彼女の唇から自身の唇をそっと離した。

「続きは帰ってきてからだな。たっぷりかわいがってやるから覚悟しとけよ」

とろけるような表情を浮かべる朔にドキッとしながら、彼女の耳元でそう囁いた。

会場のステージではバイオリンの生演奏が行われており、とても優雅な雰囲気に包まれている。立食形式で行われている今回のパーティーの顔ぶれはとても国際色豊かで、さっきから英語やフランス語など様々な言語が飛び交っている。

ここは都心にある高級ホテルの上階にある大広間だ。都内が一望でき、よく結婚式や企業のパーティー、はたまた芸能人の結婚会見などが行われる場所でもある。

ざっと見たところ、招待客は二百人を超えているだろうか。中には大物政治家やテレビで観たことがある著名人の顔もちらほら。

久我先生の腕のよさは、どの業界でも有名だ。彼の手術を希望する著名人は後を絶たず、今回の退職を残念に思う人も多いと聞いている。

改めて久我先生の交友関係の広さと、医師としての技術と信頼の高さに感服しながら手に持つ炭酸水のグラスを口に運んだ。

「遠谷くん、今日は忙しい中、来てくれて感謝するよ」

「久我先生、本日はお招きいただきありがとうございます。そして、今までお疲れさまでした」

会場の一角で知り合いの医師と話をしていると、挨拶に回ってきた久我先生に声をかけられ頭を下げた。

心臓外科医としての先生は常にストイックで厳しい一面があるが、白衣を脱げばその雰囲気は一変し、柔らかい雰囲気を纏っている。アウトドア派の久我先生に連れられて、休みが合えば一緒に釣りに出かけていた時期もある。そして、釣った魚を先生の別荘に持ち帰り、それを奥様が調理してくださって食したことを思い出す。

とにかく先生はフットワークが軽く行動派だ。また、たれ目がちな二重の瞳と、筋トレやランニングが趣味で普段から身体を鍛えているせいか見た目が若く見え、とても今年六十五歳を迎えたとは思えない。

「この前も難しいバイパス手術をやり遂げたそうだな？　君塚《きみつか》先生から聞いたよ。私としても鼻が高いよ」

フッと笑って久我先生が俺の肩をポンポンと叩《たた》く。

「そんな風に言っていただけて光栄です。久我先生があのとき俺をこの道に再び導いてくださったから今の俺がいます。まだまだ先生の足元には及びませんが、これからも精進したいと思っています」

久我先生が目を細めながら、うんうん、と頷く。

俺は久我先生のことを心から尊敬しているし、この人と出会えたことで心臓外科医としての道を断念することなく、ここまでこられたのだと思っている。

極道の世界に生きた人間が医学の道に進むことにはたくさんの障害があり、時には冷ややかな目を向けられたり罵声を浴びせられたこともあった。

でも、久我先生は違った。俺をひとりの人間として見てくれて、分け隔てなく接してくれたのだ。彼のもとでインターンとして働けたこと。そして、今の病院を紹介してくれたことには感謝してもしきれない。

「遠谷くんには期待している。私も妻と余生を楽しみながら、これからも遠谷くんの活躍を見守りたいと思っているんだ」

「身に余るほどのお言葉をありがとうございます。先生のご期待に応えられるように励みたいと思います」

久我先生の温かい言葉に胸が熱くなる。先生に恩返しができるように、心臓外科医としてこれからも人の命と向き合っていきたいと強く思いながら頭を下げた。


和やかに進んでいくパーティー。その中で突然、周りが少しざわざわとし始めたことに気づき、辺りを見回す。

「あの方、警視総監の久留見《くるみ》さんじゃない？」

近くにいた年配のご婦人がご主人らしき人に小声で耳打ちするのが聞こえた。

「彼がこういうパーティーに顔を出すのは珍しいな。そういえば、数年前に久我先生の手術を受けたと聞いたことがある。難しい手術だったらしいが、久我先生の腕にかかればそれも朝飯前だったろうがな。それにしても、本当に久我先生の交友関係は広くて驚かされるよ」

ふたりの会話に耳を傾けながら、久我先生と話し始めた久留見の様子に刮目《かつもく》する。

周りには警護のためと思われる黒いスーツを着た、体格のいい男たちが数人見えた。

現警視総監、久留見壮一《そういち》の噂は、俺が極道の世界にいるときにチラッと聞いたことがある。人が集まる場にはめったに顔を出さなくて用心深い人間だと。エリート中のエリートでその手腕はピカイチであり、新渡戸組の組長が嘆いていたことを思い出していた。

久留見は「ミステリアス」、そんな言葉がよく似合う男だと思う。甘いマスクに長身瘦躯《そうく》でスタイルがいい彼には独特のオーラがあり、不思議と人の目を引く。だが、近づきがたい雰囲気を醸しだしているのは、長めのアップバンクの前髪からチラッと見える、どこか冷酷そうなその瞳のせいだろうか。

久我先生の前で笑う彼の瞳には、どこかそんな黒い闇を感じてしまう。

しばらく様子を窺っていると、久留見の切れ長の瞳がこちらに向けられた。たまま目が合ってしまい戸惑っていると、向こうはフッと笑いそのまま視線を久我先生へと戻して談笑し始めた。

＊＊＊

久我先生の退職のお祝いの席に顔を出してから、数週間が過ぎようとしていた。

その日、俺は午前中のオペを終えて医局の個室で遅めの昼食を取っていた。

最近はオペが立て込んでいて仁さんへの連絡をできずにいたので、時間ができた今のうちに連絡をしておこうと、携帯を手に取る。

「お仕事中にすいません。恭一郎です」

『元気にしてるか?』

慣れ親しんだ声が耳に届き、知らず知らずのうちに頬が緩んだ。

「はい。元気にしてます。先日は菜月の件でありがとうございました」

実は朔の職場に誹謗中傷のファックスが届いたときに、俺が頼ったのが探偵業をしていると言っていた仁さんだった。彼が調査をしてくれて菜月に辿りつけたのだ。

『本当にうまくいってよかったよ。で、今日はなんの用だ?』

今、仁さんは外にいるのだろうか。電話越しに電車の警笛が聞こえてきた。

「実は今日は仁さんにひとつ報告があって電話したんです」

『もちろんいい報告だよな? 悪い報告は受け付けてないからな』

仁さんが冗談を言いながらクスクスと笑う。

「はい。もちろん、いい報告ですよ。実は先日、家族で親父のところに行って来ました」

『おお、それは大進歩だな。親父さん喜んでいただろう?』

声のトーンが上がったのが電話越しに伝わってくる。

仁さんはずっと俺たち親子のことを気にかけてくれていたから、きっと、俺の報告を聞いてほっとしたのだろう。

「はい。星来のことを膝に抱いてずっとデレデレしていて気持ち悪いほどでした。あんな親父は見たことがないですね」

こっちに帰って来てからすぐに、次はいつ会いにくるのかと親父から連絡が入ったほどだった。こんなにも喜んでくれるのならば、もっと早くふたりを連れて会いに行けばよかったと今更ながらに思ってしまう。

『よかったじゃないか。これからは親父さんにたくさん孫の顔を見せてやれ』

仁さんの声は弾んでいる。きっと今、口元を緩ませながら話を聞いているに違いないと想像してしまった。

「はい。近いうちにまた会いに行きたいと思います」

『そうだ、今度、結婚祝いに食事にでも行こう。都合がいい日があったら教えてくれ』

「お気遣いありがとうございます。予定を見て連絡します」

『ああ。……そうだ。おまえにいい報告と茶化しておいてなんだが、実は、俺も恭一郎に伝えておきたいことがあってな。もう少し電話できるか？』

そろそろ会話を切り上げて電話を切るタイミングを見計らっていたそのときだった。

ふいに仁さんにそんなことを言われ、椅子に深く座り直した。

「はい。なんでしょうか？」

わずかだが、仁さんの声が硬くなったように感じて、これはどうしたものかと少し身構えながら話の続きを待つ。

『おまえに話すか悩んだが、一応伝えておこうと思ってな。話っていうのは、朔さんの母親のことだ』

「……なにか気になることでもあったんですか？」

我知らず目を丸くしながら、デスクの上に飾ってある朔と星来の写真を見つめた。

『昔、朔さんの素性を調べたとき、彼女の母親は不審死で亡くなっているとおまえに伝えたよな？』

「はい」

『実は、強盗罪で服役していた男が最近、刑期を終えて出所したんだが、その男が仲間内に自分は騙《だま》されて嵌《は》められたんだと愚痴っていたらしく、その中で朔さんのお母さんの死にも関与していたらしいことをほのめかしたそうだ』

妙な緊張に襲われ、胸がざわめくのを感じた。

朔に母親が亡くなったことを聞いた際に、チラッとその死には不自然なところがあったと言っていたことを思い出していた。でも、警察が事件性はなしと判断したと。

でも、今、仁さんが言っていることが真実だとすればすべてが根本から覆ることになる。そう考えると、その衝撃は計り知れない。

「その男のことをもっと詳しく教えてもらえますか？」

ごくりと息を呑み仁さんの返答を待った。

『難波雄一《なんばゆういち》。勝嵜組の組員だ。だが、その男は数日前に遺体となって発見された」

「それって……」

『ああ。恐らくこれ以上余計なことを話さないように、口封じされたと思われる』

変に首を突っ込みすぎれば、難波のように俺も俺の大切な人たちも消される。朔や星来を危険な目に遭わせることになるくらいなら、このままなにもアクションを起こさない方がいいのかもしれない。仁さんの話を聞き、そう思い始めていた。

朔が母親の死に少なからず疑問を抱いていることは承知しているが、その追及を望んでいるかは定かではない。さすがの俺もこの話題を朔の前でするのは気が引けて、彼女の思いを聞くことはできずにここまできてしまった。

『その男が死ぬ前に実は少し接触ができたんだ』

「なにか情報を得られたんですか?」

深掘りはしない方がいいと分かっていても、そう聞かずにはいられなかった。

『ああ。どうやら朔さんの母親の死には勝寄組と……』

ブーブーブーと病院から配布されている携帯のバイブ音が部屋に響き、意識がそちらへ動く。

「仁さん、すいません。緊急で呼び出しが入ってしまって」

『分かった。忙しい中すまなかった。また近いうちにこの件について話そう。俺の方でももう少し調べてみる』

消化不良気味に椅子から立ち上がる。

真相を今すぐにでも聞きたいが、医師として緊急の呼び出しを無視することはできない。今は気持ちを切り替えなければと、自分自身に言い聞かせ歩きだす。

「いろいろありがとうございます。仁さん、くれぐれも無理はしないでください」

『ああ。大丈夫だ。危機管理能力には優れているからな。じゃあな』

俺は慌てて電話を切り、走って部屋を出た。

このとき緊急の呼び出しを優先したこと。

仕方がなかったとはいえ、それを俺は後悔することになる。

ちゃんと仁さんの話を聞いていれば、あの悲劇は起こらずに済んだのかもしれない。

頭上に広がる空をぼんやりと見上げる。ずっと俺の胸の中にある、黒いしこりが消化されていないのは、あれから仁さんと互いにタイミングが合わずに連絡が取れていないからだろう。

仁さんが電話の最後に言いかけた話が、ずっと頭の中でループし続けている。

「きょうちゃんパパ、こわいかおしてる。どうしたの?」

自宅マンション近くの公園で一緒に遊んでいた星来が俺の顔をじっと覗き込む。

「いいや。なんでもないよ」

星来はとても感受性が強い。すぐに俺や朔の異変を感じ取る。できるだけ星来の前では不安にさせないように笑っていようと心に誓ったはずなのに、どうやらそれができていなかったみたいだ。

「そろそろ家に帰ってママの美味しいご飯を食べようか? 今日のお昼はオムライスってママが言ってたぞ」

気持ちを切り替えようと、深呼吸してから星来を胸に抱き上げた。

「わぁーい! オムライス! せらいっぱいたべる!」

白い歯を出してニッと笑う星来を見て少しだけ心が和んだような気がした。

いろいろ気になることはある。

でも、今、俺がなによりも優先すべきことは、この子と愛する女を守ることだと改めて思いながら、家に向かって歩きだした。


「ただいま」

「ただいま！　あいたかったよ、モモちゃん」

玄関のドアを開ければ、モモが星来めがけて一目散に走ってきて、そんなモモの背中を優しく撫でる星来の姿が微笑ましい。

『会いたかったよ、モモちゃん』だなんて、まるで彼氏のセリフみたいだな。

星来は世話好きだし、俺に似て女に一直線なタイプかもしれないと思うと、フッと笑いが漏れた。

「おかえりなさい」

手洗いを済ませリビングに行くと、そこにはいい匂いが立ち込めていて自然と腹が鳴った。

「オムライス～！」

星来は目を輝かせながら自分の席へと着き、ダイニングテーブルの上に置かれたオムライスを眺めながら、「いただきます」のタイミングをまだかまだかと窺っている様子だ。

「ちょうど今、完成したところなのでナイスタイミングでしたね」

朔がフォークとスプーンをテーブルにセットしてくれて、準備が整うとみんなでオムライスを食べ始めた。

「ママ、おいしい。ママのおりょうりは、せかいいちおいしいね。きょうちゃんパパもそうおもうでしょ？」

「ああ。ママの料理は世界一美味しいよな」

「うんうん！　せらと、きょうちゃんパパは、しあわせもの」

星来は最近、口が達者になってきた。そこにも大きな成長を感じてうれしくなる今日この頃だ。こんな風に何気ない日常を家族で過ごし、星来の成長を見守ることができるなんて、こんな幸せなことはないだろうとしみじみ思ってしまう。

「朔、そういえば来週の日曜日、休みが取れそうなんだ。結婚式の打ち合わせを入れようかと思っているんだけど、どうかな？」

オムライスを口にしながら朔がこちらを見る。

最近、結婚式の日程が決まり、互いの休みに合わせて打ち合わせに行くことが多くなっている。親父や愁や仁さん、そして、朔がお世話になった人などを呼ぶつもりでおり、少人数のアットホームな結婚式になる予定だ。

女性にとってウエディングドレスを着ることは憧れだろうと思う。いや、一番は俺が朔のウエディングドレス姿を見たいのかもしれない。

「日曜日はちょっと予定が……」

朔のウエディングドレス姿を思い浮かべ心が高揚するのを感じていると、朔が申し訳なさそうな表情を浮かべ手を止めた。

「予定があるのか？」

「はい。実は堂林ご夫妻のご自宅に食事に招かれていて……」

「そうだったのか。だったら顔を出してきたらいいさ。結婚式の打ち合わせは、また別日にしよう」

堂林夫妻の話は朔から聞いていた。その方たちからの誘いならば、ぜひ会いに行って来てほしいと思う。

「ありがとうございます。実は、先日、堂林先生と街中で会ったのですが、奥様の体調が思わしくないみたいで。乳がんを患っているようで、塞ぎ込みがちなんだそうです。だから少しでも元気になってほしくて。顔を出したいと思っていたので恭一郎さんがそう言ってくれて安心しました」

優しい朔らしいと思いながら、彼女の話に耳を傾ける。

「それならなおのこと、会いに行った方がいいな。ゆっくりしてくるといい」

そう言うと朔は柔らかく笑い、コクンと頷いた。

暖かな日が差し込むリビングダイニングに星来の愛らしい声が響く。星来の話に耳を傾けながら時折、朔と目を合わせ微笑む。

穏やかな時間が流れていき、星来と一緒に食べ終わった皿をシンクに運ぼうとしていたその矢先。置いてあった携帯が震えたことに気づき、皿をテーブルに戻し電話を手に取った。

「病院からだ。すまないがちょっと席を外すよ」

断りを入れてからリビングの方に向かい、窓からの景色を見つめながらその携帯に出た。

「もしもし、遠谷です」

『あ、先生。お休みのところ申し訳ありません。今、お電話大丈夫ですか?』

電話越しに聞こえるその声は、どこか緊迫しているように思える。

「ああ。どうかしたのか？」

話を聞けば、緊急オペが必要な患者が運び込まれたとのことだった。

俺はすぐに病院に向かう準備をし始めた。

こんな風にオンコールで呼び出されることもしばしば。それでも朔が理解を示してくれていることがありがたい。

星来は行かないでと、たまにぐずることもあり申し訳なく思うこともある。だが、人命に関わる仕事をしている以上、そこは我慢してもらわなくてはいけない。

その分、一緒にいられるときはたくさん甘えさせてやりたい。

そんな思いを抱きながら車を走らせ、病院を目指した。


「遠谷先生！　お休み中すいません」

「いいや。それで患者の状態は？」

病院に着くと、新米医師の岡部《おかべ》が声をかけてきた。話を聞きながら足早にその患者が運びこまれたという緊急救命外来へと向かう。

「頸部《けいぶ》と胸部に多数の切創があります。意識はなく、瞳孔が散大している状態だそうです」

「そうか。血色素量は？」

「3を切っているそうです」

「それはかなり危険な状態だな」

緊急救命外来に着くまでの間、すぐに処置に入れるように患者の容態の報告を受けていた。

正常であれば10以上ある数値が極端に低いということは、一度大量出血をしているということだ。処置を施して一命を取り留めたとしても、脳や身体に障害が残る可能性が高いだろう。

そんな推測をしながら着替えを済ませ処置室に入ると、スタッフ総出で止血をしているところだった。

「中村《なかむら》先生、状況はどうなっていますか？」

指示を出していた中村医師に声をかけ、患者に目をやった。

「仁、さん……？」

意識なく横たわっていたのが仁さんだったことに、鈍器で殴られたような衝撃を受け、一瞬、言葉を失った。

「遠谷先生、この患者とお知り合いなんですか？　実はまだ彼の身元が分かっていなかったんです」

中村先生が険しい顔をしながらこちらを見る。

「……はい。昔の知り合いです。彼の名前は桜木仁。都内で時塚《ときづか》創業という派遣会社をやってます。そこに連絡すればご家族に連絡がつくかもしれないです」

「分かりました！　調べて至急連絡します！」

看護師のひとりが走って事務室へと向かっていった。

あまりの衝撃に身体が震え、呼吸をするのも忘れそうになる。

「遠谷先生、大丈夫ですか？」

俺の異変を感じ取った中村先生が心配そうに声をかけてきた。

「……大丈夫です。先を急ぎましょう」

ハッと我に返り、冷静になれ、落ち着け、と脳と身体に命令する。

今は仁さんを救うことだけに全神経を集中させなければ、救える命も救えなくなるのだと言い聞かせる。

「輸血を始めたところ、今押さえているこの部分から血液が湧きだしてきたんです。この出血を止めないことには厳しいかと」

中村先生の言葉を聞きながら患部を覗き込み観察する。

恐らく腕頭動脈が傷ついているのだろう。胸骨の下にあるこの動脈を修復するとなれば、一度中村先生の手を取ることになり、そうなれば血液の大量流出は避けられない。

すでに血色素量がわずかな状況で無理に手術をすれば、仁さんの身体がもたないだろう。

だとすれば……。

「胸骨正中切開でいきましょう。そうすれば大量出血を防ぐことができるし、手術も短時間で済み患者の身体にも負担をかけずに済みます」

「分かりました。手術室の手配は済んでいるので、あとは麻酔科の先生と看護師の手配をします」

「それ、私が連絡します」

看護師が足早に手配に向かう。

仁さんを救うべく現場が慌ただしく動きだし、それからすぐに準備が整い手術が開始された。

執刀医として手術台に立ち、深呼吸をして仁さんの顔を見つめる。

そして、患部を消毒し胸部の皮膚をメスで真っ直ぐに切り始めた。次は胸骨を切開して……。

頭の中で手術の工程を繰り広げながら、俺はずっと心の中で仁さんに呼びかけ続けていた。

もう誰も母さんのようにはなってほしくない、そんな思いが俺の根底にある。

あのとき、泣き叫ぶことしかできなかった無力な自分に腹が立ったのを今でも鮮明に覚えている。

でも、今は違う。

救える立場にいるのだ。

だから必ず仁さんを助ける。

——もう誰ひとり、大切な人を死なせやしない。

一時間半の手術がこんなにも長く重く感じたことはなかった。

なんとか仁さんは一命を取り留めることができたが、意識が戻るかは分からない状況だ。意識が戻ったとしても、脳に障害が残るかもしれない。その不安は拭い去れない。

そんな中で仁さんの奥さんに手術と今後について説明するのはとても心苦しかった。奥さんは必死に涙を我慢しながら俺の目を真っ直ぐに見て話を聞いていて、気丈に振る舞うその姿に胸が疼いた。

でも、これが尊い命と向き合う、医師という仕事なのだと改めて思い知らされた。

とにかく俺の中で最善は尽くした。

あとは仁さんが目を覚ますのを信じて待つしかない。

明かされる黒幕

それから三日後、仁さんは目を覚ました。そして次の日には会話もできるようになった。つまりは脳に障害が残らなかったということだ。

歩行に関しては今後リハビリが必要だが、日常生活は今までどおり行える。

奥さんはそれを知ると、張り詰めていた糸が切れたかのように仁さんの前で号泣し、俺に向かって何度も「ありがとうございました」と言って深々と頭を下げてきた。

誰よりも仁さんのことを愛していることが伝わってきて、この人のもとに生きた仁さんを帰すことができて心からよかったと思え、安堵《あんど》した。

「仁さん、体調はどうですか？」

「まあまあだ。恭一郎が執刀してくれたからこそ俺の命はこうやって生かされたんだよな。恩に着るよ。ありがとう」

ベッドに横たわる仁さんがふわりと微笑む。

その日、俺は仁さんの病室を訪れていた。

「もう奥さんに心配をかけたらダメですよ？」

「そうだな。もうアイツを泣かせるようなことはしたくない」

仁さんが苦笑いを見せながら頷く。

意識を取り戻してまだ数日しか経っていないので、俺は敢えて今回の犯人のことや事件のことを聞くことを避けていた。ひとまず仁さんの心身の回復を待つべきだと思っている。

「恭一郎……」

「どうかしましたか？」

「おまえに話したいことがある。実は……」

仁さんがなにかを話し出そうとしたことに、俺は首を横に振り布団をかけ直した。

「仁さん、今はゆっくり身体を休めてください。話はもっと体調が回復してから聞きますか……」

「妙な胸騒ぎがするんだ」

仁さんは俺の言葉を遮るようにそう言って、真剣なまなざしを向けてきた。

仁さんの勘は昔からよく当たる。そんなことを思い出し、胸のざわめきが大きくなっていくのを感じていた。

「聞いてくれ。俺を襲ったのは恐らく勝嵜組の手下だ。俺が難波と接触したのを知って俺を消そうとしたのだろう」

自分がこんな目に遭ったというのに、彼はまるで他人事《ひとごと》かのように淡々と話しだした。

「もう無茶はしないでください。これ以上、朔の母親の死の真相を探るのはやめましょう」

必死に仁さんを諭すが、彼の瞳は納得がいかないとばかりに苛立ちを滲ませているように思える。

「今更やめるなんて、できるわけないだろ」

仁さんは悲しげに笑い、俺から目を逸らし行き場をなくした瞳を窓の外へと向けた。

「どうして、仁さんはこんな目に遭っても、朔の母親の事件に固執するんですか？」

いくら考えてもその答えは出ない。

スマートな仁さんならば、自分がどう動くべきか分かっているはず。奥さんのことを悲しませないようにするためにも、いつもの仁さんならば、この件からすぐにでも手を引くはずだ。だから、この状況でなお突き進もうとするのは仁さんらしくなくて疑問しかない。

「俺の中で朔さんの母親の死は他人事とは思えないんだよ」

切なげな声が耳に届いた。

「他人事とは思えないって……どうしてですか？」

「朔さんの母親の死は俺にとっても重大なことだったんだ」

「……いったい、朔と仁さんの間にどんな繋がりがあるんですか？」

尋ねる声が震える。

考えてもその先にゴールが見えなくて、胸の戸惑いは大きくなるばかりだ。

「……小学生のときに両親が離婚して、俺は母の方に引き取られた。それからはたまにしか父とは会っていなかったが、俺は父のことを慕っていた」

ゆっくりと身の上話を始めた仁さんの横顔を俺は黙って見つめる。

「父は、朔さんの母親が勤める病院で小児科医として働いていたが、朔さんの母親が亡くなったのと同じ時期に不審死を遂げている。父の死にはおかしなことがたくさんあったのに、警察は事件性はなしと判断して捜査をすることはなかったんだ」

再びこちらを向いた仁さんの目には静かな怒りが滲んでいるように思え、ドクンと心臓が打ち鳴った。

「同じ病院で働いていたふたりが、ほぼ同じ時期に失踪し不審死を遂げた。おかしな話だよな」

「それってもしかして……」

繋がっていく点と点。

胸がざわめくのを感じながら仁さんの話の続きを待つ。

「ふたりの死に勝寄組と警察の上層部、現警視総監の久留見壮一が関与していたことを突き止めた」

久留見壮一。

その名を聞いて、ハッと息を呑んだ。

あの日、恩師の退職パーティーで見かけた彼の姿を思い出し、心臓がどよめき無意識に顔が強張っていく。

「そして、もうひとり。俺の父親と朔さんの母親が勤務していた病院にいたある人物が関与していたことも突き止めたんだ。その病院関係者がすべての事件の黒幕だ」

「その黒幕とは、誰なんですか？」

瞳が交わったまま、ぴりりと空気が張り詰めていく。

「……堂林傑。朔さんの母親と同じ医局で働いていた外科医だ」

息をするのもままならないほどの大きな衝撃が俺を襲い、心ともなく目をカッと開いた。

「堂林傑って、……嘘、だろ？」

「恭一郎、おまえ、堂林のことを知っているのか？」

仁さんの顔にも驚きと戸惑いが滲んでいる。

「は、はい。朔の母親が堂林夫妻にお世話になっていたみたいで……朔も幼い頃から顔なじみだったようです。実は……朔が今日、堂林夫妻のところに星来と一緒に行ってて……」

動揺から声が震え、言葉をうまく発することさえできなくて身体さえも震えだす。

「な、なんだって？」

「すみません！　俺、今からふたりのところに行ってきます！」

ふたりの顔が思い浮かび、いても立ってもいられなくなり話の途中で病室を飛び出し駐車場に向かった。

どうか無事でいてくれ、と強く願いながら朔の携帯に電話をかけ続けた。

＊　＊　＊

世田谷《せたがや》の閑静な住宅街にある白いプロヴァンス風の大きなお屋敷。

ここには小さい頃、よく来ていた覚えがあり、水色とグレーと白を基調とした柔らかな雰囲気の室内からは安らぎを感じる。また三十畳ほどの広くて開放的なリビングダイニングの一角には、立派な白いグランドピアノがあの頃と変わらずあって、先生の奥様に抱っこされながらピアノに触れたことを思い出していた。

「早く奥様にもお会いしたいです」

「……家内もずっと朔ちゃんたちに会うことを楽しみにしていたからね。早く戻ってくるといいんだが」

奥様は急遽《きゅうきょ》通院となって外出中とのことでまだ顔を合わせてはいない。今は堂林先生が用意してくださったケーキと紅茶をいただきながら、三人でリビングで談笑中だ。

先生と初対面を果たした星来は、めずらしく最初こそ少しもじもじしていたが、先生が優しくいろいろと話しかけてくれたこともあって、今は普段どおりに見える。

「これ、ママがあかちゃんのときのしゃしん?」

「そうだよ。すごくかわいいだろう」

「うん。ママ、かわいい。おにんぎょうさんみたい」

「確かに。お人形さんみたいだね」

堂林先生が星来の頭を優しく撫でて微笑む。奥様が戻ってくるまでの間、堂林先生が書斎から持ってきてくださったアルバムを眺めていた。そこには幼い私と先生の奥様が並んで写っている写真や、病院仲間と写る堂林先生の写真があった。

もちろん母もそこに写っていて、写真の中の母は笑っていた。

それを見て胸が少しばかり疼くのを感じながらアルバムを見つめる。

「朔ちゃん……？」

しみじみと母のことを思い出していると、名前を呼ばれハッと我に返った。

「どうかしたのかい？」

先生が私の顔を覗く。

「いいえ。なんでもありません。懐かしいな～と思って」

パタリとアルバムを閉じて、無理に口角を上げながら堂林先生に瞳を向ける。

「……そうか」

「はい」

会話はそこで切れてしまい、どことなくしんみりとした空気に包まれ始めた。

気まずげに瞳を揺らしながら私は、息子の頭をそっと撫でた。

「あ、星来くん、プリンもあるんだけど、食べるかい？」

場の雰囲気を変えるような明るい声が届いたのは、それからすぐのこと。

星来が声の主を見上げる。

「プリン？　せら、ぷりんだいすき！　たべたい～！」

星来が目を輝かせながら笑うと、堂林先生は口元を弓なりにしながら立ち上がった。

「いろいろとお気遣いいただき、すみません」

「いいや。気にしないで。久しぶりに朔ちゃんに会えて、星来くんとも初めて会えてすごくうれしいから」

先生はそう言ってから冷蔵庫の方に向かっていった。

「朔ちゃん、さっきはすまなかった。アルバム……配慮が足りなかったね」

星来がプリンを食べ始めると先生は私の前の席に腰を下ろし、申し訳なさそうに謝ってきた。先生はさっきの件を気にしていたらしい。

「いえいえ。もうあれから六年経ちますし、もう大丈夫ですから！」

「……あれから六年か」

先生はそうつぶやくと、紅茶から立ち上る湯気に目を落とした。

なにかを考えている様子に見え、チラチラと先生の様子を窺いながら紅茶のカップを手に取り口に運んだ。

そして、カップをソーサーに戻すタイミングで先生に話しかけようとしたその矢先のこと。

「ママ～！　おしっこでる！」

夢中でプリンを食べていた星来が椅子から立ち上がりこちらに駆け寄ってきたので、慌てて腰を上げた。

「先生、すみません。お手洗いをお借りしてもいいですか？」

「ああ。どうぞ」

先生は我に返ったように笑い、私たちを送り出してくれた。

トイレから出て手を洗っていると鞄の中の携帯が震え、相手を確認する。

電話の相手は恭一郎さんだった。

「星来、ちょっと待って。恭一郎さんから電話が来たから」

先に歩きだしていた星来に声をかけた。

「はーい」

星来はそう返事をして足を止めた。

今は仁さんのところに見舞いに行っているはずではなかっただろうか、と疑問を抱きながらも、なかなか鳴りやまない着信に吸い寄せられるようにその電話に出た。

「もしもし?」

『朔、今どこにいる?』

電話越しに聞こえる恭一郎さんの声には緊張感があり、これは何事かと少し身構えてしまう。

「堂林先生の家に……いますけど、なにかあったんですか?」

今日、堂林先生のご自宅に行くことは、恭一郎さんにはあらかじめ伝えておいたはずだが、最近の彼は仕事が忙しそうだったし、私が伝えたことを忘れてしまったのかなと思いながら恭一郎さんの返答を待った。

『朔、今すぐ星来を連れてそこを出るんだ』

「え? ……いきなりどうしてそんなことを言うんですか?」

どうしてこんなにも恭一郎さんが焦っているのか、まったく想像がつかず、私はただただ困惑するばかりだ。

『朔、今近くに堂林はいるか?』

「いえ。いないですけど」

一瞬、堂林先生がいるリビングの方に目をやりながらそう答えた。

『今から言うことは朔にとって非常に驚くことだと思うが、落ち着いて聞いてくれ』

「……わ、分かりました」

胸の鼓動が速くなるのを感じながら息を呑んだ。

『堂林傑が、朔の母親の死に関わっている可能性が高いことが分かったんだ』

「……っ」

まさかの言葉が降ってきて、息をするのも忘れてしまいそうなくらいの衝撃が身体を駆け巡る。頭と心がついていかなくて、ただただ唖然としその場に立ち尽くした。

先生が母の死に関わっている。

頭の中でループするその言葉。

いささか信じられなくて当惑するばかりだ。

確かに母の死には不自然な点はあったけれど、警察が事件性なしと判断し捜査は行われなかった。事件性がないと言われ、私の中で腑《ふ》に落ちないことがあったのも事実。

でも、どうすることもできずにずっともやもやとしたまま生きてきた。

だが、母の死に堂林先生が関わっているとなれば、すべてが根底から覆るということになる。

「ママ〜、あっちのおへやに、ばぁばとおなじしゃしんあったよ！」

困惑のループの中で立ち尽くしていると、星来がトイレの横の部屋を指さすのが見えた。

ドクドクと心臓が波打つのを感じながらその部屋に近づいていく。

そして、そっとそのドアを開けるとそこには思わぬ光景が広がり、ハッと息を呑んだ。

そこには仏壇と先生の奥様の遺影があったのだ。なんとも言えない恐怖が襲ってきて、星来の手を引き慌てて部屋を出た。

『朔、聞こえるか？』

「は、はい」

恭一郎さんに言われたことに現実味が帯びてきて、額からは妙な冷や汗が噴き出す。

『今、そっち方面に向かっている。とにかく星来を連れてすぐに家を出るんだ』

「分かりました。すぐにここを出ます！」

恭一郎さんとの通話を繋いだまま携帯を鞄にしまい込み、星来を連れて急いで玄関へと向かう。

とにかく早くここを出なきゃ。

この子を守らなきゃ。

頭はそのことでいっぱいだった。

「朔ちゃん、そんなに慌ててどこに行くの？」

後方から届いたその声に心臓がドクンと跳ねた。

おそるおそる振り返ると、宙で視線が交わる。

「ママ？」

繋ぐ手が震えていることに気づいた星来が、不安げに私の顔を見上げた。

「そろそろお暇《いとま》させていただこうかと思いまして……」

私は今どんな顔をしているだろうか。ちゃんと笑えているだろうか。

とにかくなにかを悟られてはいけないと思い、口角を上げ先生と対峙《たいじ》する。

「朔ちゃん、顔色が悪そうだよ」

だけど、私を見つめるその瞳はすべてを見透かしているかのように思え、とっさに後ずさりした。

「星来くん、こっちにおいで？　美味しいご飯を一緒に食べよう」

先生の手が星来に伸びる。

「さ、触らないで！」

そう叫び、星来を背中に隠した。

「なにをそんなに怯えているんだ？　楽しいディナーはこれからじゃないか」

「すみませんが、急用が入ったので、帰らせていただきます！」

星来を抱き上げ玄関に向かおうとしたその刹那、視界がぐらりと揺れとっさに床に膝をついた。

「帰さないよ。君たちを永遠にね」

堂林先生のゾッとするような言葉が耳に響いた。

「ママ、どうしたの？」

「大丈夫……だよ。なん、でもないから」

星来の手をギュッと握るも、さきほどよりも意識が遠のいていくのが分かる。ついには身体を起こしていることができなくなり、床に吸い込まれるように倒れ込んだ。

「紅茶に入れた薬がようやく効いてきたみたいだな」

遠くに先生のそんな声が聞こえた。

「ママ！　ママ！！」

ママが、星来を守る、から……。

大丈……夫だか……。

意識を失う寸前、私が見たのは戸惑う息子の表情と、悪魔みたいなゾッとする笑みを浮かべた堂林先生の顔だった気がする。

んっ……。

うっ……ん……。

まぶたの裏に感じた光に導かれるようにゆっくりと目を開けた。朦朧《もうろう》とする意識の中、周りを見回す。

天井に埋め込まれたダウンライトの灯りが視界に飛び込んできて思わず目を細めた。

星来は、どこ？

ハッとして視線を右に送れば、ベッドの上で横たわる星来の姿を見つけて一気に意識が覚醒した。

「星来！　星来!!」

今すぐにでも星来のもとへと駆け寄りたいが、椅子に手足を縛りつけられているため身動きができないことに気づいた。

「星来！　目を開けて！　お願い！」

ピクリとも動かない息子を見て、不安が募って泣き叫ぶ。

「朔ちゃん、目が覚めたようだね」

ゾッとするような低く重みのある声が耳に届き、部屋の中に堂林先生が入ってきたのが見えて顔を強張らせる。

「星来にいったいなにをしたんですか！　星来を傷つけていたら絶対にあなたを許さない！」

キィッと堂林先生を睨めば、彼はフッと笑って私の顎に手を置いた。

「朔ちゃんでもそんな顔をするんだね。安心しなさい。星来くんは寝ているだけだ」

私を見つめていたその瞳が星来に移る。

彼は悪魔みたいな冷酷な笑みを浮かべながら、じっと星来を見つめ続けている。

「星来の無事を確かめさせてください」

「それはできないな。縄をほどいたら、朔ちゃんが暴れるかもしれないから」

そう言うと、先生はゆっくりと星来の方へと足を進めていった。

「星来になにをするの？　触らないで！　近づかないで!!」

必死にそう叫ぶが、先生は足を止めることはない。

そして、星来が眠るベッドの前で膝をつくと、こちらを向いて、なにもできない私をあざ笑うかのように口元を緩めた。

「ほら、ちゃんと呼吸をしているだろう？」

星来にかかっていた布団を取って、先生が星来のお腹辺りを指さす。お腹が動いているのが見えてほっとしたが、今、私たちが置かれている状況は最悪以外のなにものでもない。頭の中にチラチラと浮かぶ絶望に、知らず知らずのうちに頬を涙が流れていった。

先生は私が意識を失う前にこう言った。

『帰さないよ。君たちを永遠にね』

それはつまり私たちに手をかけるか、ここに監禁するということを意味しているに違いない。見たところ、ここは先生の家ではない。

意識を失っていたため、あのあとどんなことが起こりここまで運ばれたか分からない。

でも、恭一郎さんとの電話は繋いだままだったはずだ。その電波からもしかしたら私の位置情報を特定して、恭一郎さんがこの場所を突き止めているかもしれない。そんなわずかな希望がかろうじて私を奮い立たせている状況だ。

「なにかを期待しているようだが、無意味だよ。君の携帯もすべて回収させてもらったから。あの男がここに辿りつくことはできやしない」

先生の言葉にわずかな希望は消え、一気に奈落の底に突き落とされると、目の前が突然、漆黒の闇に覆われていく気がした。

「……どうしてこんなことをするんですか？　奥様のこともどうして嘘をついたんですか？」

「妻を口実に朔ちゃんを家におびき出すためだ。ああ言えば、情深い朔ちゃんは必ず家を訪ねてくると思った。今日はただ楽しく食事会をするつもりでいたのに、こうなってしまったのは、君が逃げ出そうとしたからじゃないか。あのとき、君のお母さんも僕を拒んだ。君たちは本当に似たもの親子だね」

フッと笑い私の頬を先生が撫でると、あまりの嫌悪感に背筋がゾクリと震え顔を顰《ひそ》めた。

「あの日聞かれてはいけないものを君のお母さんに聞かれてしまってね。その件で問い詰められ、自首をしなければ警察に自分が話すと言ってきて、残念だが消すしかないと思った。……それでも、最後に僕の愛を受け取ってくれさえすれば、死なずに済んだのにね」

六年越しに知った真実はとてつもなく理不尽で残酷だった。

私はなにも知らずにこの人に恩義を感じていたのだ。憎悪と悔しさが体中をのたうちまわり、鋭い刃となって心にぐさりと突き刺さっていく。

「彼女は本当に美しい女性だったなぁ。僕の腕の中で死にゆくときも……」

堂林先生が再び私の頬に指を伸ばす。

「なにも聞きたくない！　私に触らないで！」

首を横に振りすべてを拒否し続ける。それでも先生は、私の反応を楽しむかのように私の首筋を撫でてから鎖骨をなぞり、ブラウスのボタンに手をかけようとする。

恭一郎さん、助けて……。

頬を涙が流れ、その雫が床に滲んだ次の瞬間だった。

「星来！　朔！」

私の心の声が聞こえていたんじゃないかというタイミングで、ドアが蹴破られる音とともに耳に届いたひとつの声。

「てめえ、人の女になにしてやがる！」

恭一郎さんがすごい剣幕で堂林先生に詰め寄り、馬乗りになったのが見えた。

その瞳はゾッとするくらいに冷酷でこちらが身震いするほどだ。

「ど、どうしてここが分かった？」

「勝寄組に乗り込んでちょっと脅したら、簡単にあんたのお仲間がここの場所を吐いたよ」

「そんなバカな……」

「今頃、警察が勝嵜組とあんたの家に家宅捜索に入ってる頃だ。もうあんたもおしまいだ」

「なんだと？　警察が動いた？　まさかそんなはずは……」

「哀れなくらい薄っぺらい友情だな。そんなことより俺の女と子供をこんな目に遭わせた落とし前、きっちりつけさせてもらうからな！」

恭一郎さんがグッと拳を握り、彼の顔めがけてそれを振りかざす。

今の恭一郎さんは冷静じゃない。このままでは先生のことを殴り殺してしまうかもしれない。そんなことをしたら築き上げたものがすべて崩れ落ちてしまう。

「恭一郎さん‼　やめ……」

止める間もなくドスッと鈍い音が耳に届いた。

飛び込んできた光景に思わず目を見開く。

恭一郎さんが手を振り落としたのは堂林先生の顔面ではなく、数センチずれた床の上だった。叩きつけた床の木材の一部にヒビが入り、恭一郎さんの拳からは赤い血が滲んでいる。

「本当は今ここであんたのことを殴り殺してやりたいところだが、そんなことをしたら悲しむ家族がいるんでね。あんたにはきっちり法の場で罪を償ってもらう」

恭一郎さんの静かな怒りに満ちた声がその場に響いた。


それからしばらくして警察がその部屋に突入してきて、堂林先生はその場ですぐに確保された。彼は抵抗することもなく、ひとりの捜査員になにかを耳打ちされると、勝ち誇ったような意味深な笑みを浮かべ連行されていった。

「ママ？」

私の腕の中で目を覚ました星来に視線を流す。

「ママ、ここ、どこ？　あれ、せんせいは？」

瞳をこすりながら甘えた声で私を見上げる星来をギュッと抱きしめた。

寝ていた星来はなにも事情を知らない。そのことがせめてもの救いだと思った。

「ママ、いきなりねむねむしたから、せんせいと、くるまのほんよんでまってたの。しずかにしてたよ、せら。いいこ？」

堂林先生にうまく言いくるめられたようだが、どうやら乱暴なことはされていなかったことを知り、ほっと胸を撫で下ろした。

「星来、いい子だね」

ほっとした途端、涙が溢れてきて抱きしめる手にギュッと力を込めた。

「ママ、どうしたの？」

「ううん。なんでもないの」

「ママはちょっと疲れちゃったみたいだな。早く三人でお家に帰ってゆっくりしようか」

恭一郎さんの優しい声色が届き、私と星来を包み込むように大きく温かな手で強く抱きしめてくれた。

かけがえのない温もりに包まれて

その事件から数週間が過ぎ、俺たち家族のもとには穏やかな日常が戻りつつあった。

「今からあの男のところに行くのか？」

河川敷に沿うように設置されたブロック塀に腰を下ろし、近くでサッカーをする少年たちを見つめていると、仁さんがやって来た。

ここは仁さんの自宅近くの場所。話があると言って仁さんを呼び出したのだが、察しがいいこの人は俺が話す前から気づいていたようだ。

「はい。向こうから連絡が来たからには、受けて立とうかと」

「くれぐれも気をつけろよ」

仁さんが心配そうに俺を見ながら隣に腰を下ろした。

「大丈夫ですよ。俺は簡単には死なないですから」

「そうだな。おまえはしぶといやつだった。勝嵜組にひとりで乗り込んで、無傷だったもんな」

仁さんがクスクスと笑い、俺の肩に手を置く。

「そうですよ。俺、悪運だけは強いので」

「恭一郎、いろいろありがとうな。やっと俺自身も前に進める気がするよ」

仁さんのこんな穏やかな表情を見たのは、出会って初めてかもしれない。そう思うほど晴れ晴れとしているように見える。

「俺の方こそ仁さんには本当にいろいろ感謝してますよ。親父のことや組のこと、そして今回の事件の解決に至るまで。やっぱり仁さんはすごい人だなって思います。尊敬しかないですよ」

仁さんがいなかったら親父も遠谷組も、悲惨な結末になっていただろう。堂林の事件だって解決せず、朔はずっと心のどこかでもやもやを抱えていたかもしれないのだから。

「そっくりそのまま、その言葉をおまえに返すよ。俺からしたら恭一郎の方がよっぽどすごい。尊敬しているし、一生おまえには届かないと思っている」

仁さんのような完璧な人間が、俺のことをそんな風に思っているとは意外すぎて目を見開いた。

「そんなに褒めたってなにも出てきませんよ？　俺のことを買いかぶりすぎです」

首を横に振ると、仁さんは少しばかり真剣な瞳をこちらに向けてきた。

「いいや。恭一郎は母親の死から逃げずに向き合って立派な医師となり、姐《ねえ》さんの思いを真っ直ぐに引き継いでいる。俺の命を救ってくれたのもおまえだ」

「仁さん……」

「これからも自分の信じた道を進め。そして朔さんと子供と幸せになれ。決して死ぬなよ」

仁さんの言葉に強く頷く。

そして、俺はその場を後にし、車でひとりある場所に向かった。

＊＊＊

「今日は時間を作ってくれて感謝するよ」

郊外の緑豊かな場所にある大邸宅の一室で警視総監、久留見壮一の声が響いた。ここは久留見家が国内にいくつか保有している別荘のひとつにあたる。自宅に招かずこんな人目につかない所に俺を呼び出したのは、恐らくなにか理由があるのだろうと推測する。

朔が堂林に拉致されたあの日、俺が勝嵜組に乗り込む一方で、仁さんが警察相手に動いてくれていた。仁さんがなんと言って久留見まで繋いだのかは分からないが、それがあったからこそ、堂林はあの日逮捕されることになった。

朔の母親と仁さんの父親の死の黒幕は堂林傑で、その裏には指定暴力団の勝嵜組と警視総監であるこの男、久留見壮一がいたことを突き止めたが、どういう理由でそこが繋がっていたかまでは謎のままだ。

だが、逮捕後、ずっと黙秘を貫いていた堂林が、一転して罪を認める供述を始めたということはこの男の手が裏から回っているのだと、容易に想像がつく。

そうなればキーマンは久留見壮一だ。彼の今後の動きが気になっていたところに、仁さん経由で久留見が俺に会いたがっているという連絡が入った。俺は久留見の考えを探るためにこの男の申し出を受け入れ、ひとりここを訪れたというわけだ。

「あなたから連絡が来るとは夢にも思わなかったですよ」

「私からしたら遠谷くんにずっと興味があった。今は大病院のエリート医師か。随分出世したようだな」

デスクチェアーから立ち上がり、クッと口角を上げて久留見が笑いながらゆっくりとこちらにやって来て、目の前のソファーに座るようにと手で示してきた。

「前に久我先生のパーティーで会ったときから俺の素性をご存じだったんですか？」

「さてどうだろうか。気になるかい？」

互いに向き合う形で黒い革張りのソファーに腰を下ろした。

俺の反応を楽しむかのような言動に少し苛立ちを覚えながらも、それを表情に出すことをせずに笑みを浮かべて返す。

「まぁ、それはどちらでも構いませんが、俺をここに呼んだ理由はなんですか？　俺の口を封じるためですか？」

その可能性も否定できない。

だから俺はここに来る前に仁さんに事情を話してきた。俺になにかあれば、こちらで持っている情報をすべて公表する手筈《てはず》を取っている。

「いいや。君は堂林とは違う。あの男は私利私欲のために暴走しすぎたから罰が必要だが、君のような優秀な人間はこれからも高みを目指して、この社会で生きるべきだと私は考えている」

久留見は口元に笑みを浮かべながらコーヒーの入ったティーカップを手に取り、口に含んだ。久留見の言っていることが本心だとすれば、俺をこの場所に呼んだこの男の目的はなんなのだろう。

ゆっくりと部屋の中を見渡す。

黒と白を主体としたモダンシックな室内。家具やインテリアは同じく白と黒で統一されている。その中でその雰囲気にそぐわない、明るいひまわりの風景画に目が留まり、じっと見入っていた。

「そういえば、あのとき助かった奥さんとお子さんは元気にしているのかい？」

「ええ。元気にしてますよ」

久留見の問いかけに意識がそちらへと戻された。

「そうか。それならばよかった。聞けば、もうじき君たちは結婚式を挙げるとか」

いったいこの男はどこまで俺たちのことを調べ上げているのだろうと、警戒心を覚えずにはいられない。

朔の母親や仁さんの父親の事件が堂林の単独の判断でなされたものなのか、この男の指示だったのかは分からないが、それを探る仁さんが狙われたように、朔の存在もこの男には少なからず気がかりだったはずだが……。

「安心しなさい。君のご家族に手を出すようなことはしないから。あの子たちは私にとっても特別な存在だからね」

俺の心の内を見透かしたように久留見は言う。そして俺の目を真っ直ぐに見て、ソファーの背もたれに深く寄りかかった。

「朔たちがあなたにとって特別な存在？　いったいどういう意味で仰っているんですか？」

この男が言っている意味がまるで分からず、困惑しながら久留見を見つめる。

「……そうだなぁ。君が息子さんに抱く感情……というところだろうか」

久留見の発言に俺はハッとして大きく目を見開いた。

そんな俺を見て久留見は大きな窓の方へと瞳を移した。

「私は高みを求めてここまできた。でも、本当にほしかったものを見失ってしまったようだ。だから、私は君が羨ましい。ただひたすらに、ひとつの真実の愛を貫き通した君のことがね」

そうつぶやいた久留見の瞳には、どこか切なさが宿っているように見え、その言葉は彼の本音であるように思えた。


その後、久留見は俺にすべての事件の真相を話しだした。

事の発端は、今年二十三歳を迎える久留見の息子にあったようだった。

久留見の息子は高校時代に親の期待に耐えられなくなり、自分を落ち着かせようと軽い気持ちで覚せい剤に手を出した。次第に薬にハマっていき、勝嵜組の組員から薬を買うようになったそうだ。

そのことで久留見自身が勝嵜組の組長に脅されるようになり、息子のことを口外しないことを条件に、久留見は勝嵜組の大きな覚せい剤の取引に目をつぶったようだ。

一方で堂林が勤務していたのは勝嵜組が御用達《ごようたし》の病院であった。表向きには一般の患者を受け入れており、組員を相手に治療を行っていたのはごくわずかの医師と看護師だったそうで、その病院に勤めていた朔の母親や仁さんの父親はその事実を知らなかったようだ。

勝嵜組への極秘の対応をしていた医師のひとりが堂林だった。金の亡者だった彼は、頼まれれば診断書の偽造や覚せい剤の横流しなどの違法行為を数えきれないほど引き受けたらしい。その中でひそかに勝嵜組の幹部たちと手を組み臓器売買へと手を染めていった。

その事実を仁さんの父親に知られてしまい、強く咎められたようだ。そのやり取りを朔の母は勤務中に偶然聞いてしまった。

その数日後、堂林が仁さんの父親を自らの手で殺め、そして勝嵜組の手下に頼んで始末させたのだ。

朔の母親は堂林と仁さんの父親が揉《も》めるのを偶然聞いていたため、真っ先に堂林が仁さんの父親の失踪に関与しているのではないかと疑念を抱いたらしい。

だが、日頃から堂林夫妻にお世話になっていたため、情が移り朔の母はそれを確かめることを躊躇ったようだ。

朔の母は思い悩み、結局、病院の上層部や警察にリークすることはせず、まずは本人に確かめることにした。それがあの悲劇を生んだのだ。

堂林はその場で罪を認めるふりをしたようだ。そして、自首する前に話を聞いてほしいと朔の母をそそのかし、人のいい朔の母親はそれに応じてしまった。

そして堂林は、薬で朔の母親を眠らせ手をかけた。

堂林はその後、また始末を勝寄組に頼んだ。

ふたりの死が不審死という曖昧な形でうやむやにされ、堂林や勝寄組に捜査のメスが入らなかったのは、久留見の存在があったから。

堂林は久留見の息子の覚せい剤の話を、勝寄組の組員からひそかに聞いていたのだ。

久留見は己の保身のため、堂林にも手を貸した。朔の母親と仁さんの父親の事件の証拠を隠蔽し、捜査にも圧力をかけてストップさせたようだ。

暴力団と警察と医師。それぞれの思惑で繋がっていたことにより、朔の母親と仁さんの父親の事件は闇に葬られたのだ。

久留見にとって勝寄組の組長と堂林はずっと邪魔な存在で、いつか手を打とうと考えていたのだろう。

朔の拉致事件を発端に、勝寄組と堂林家の家宅捜査の際、久留見は自身の息子の覚せい剤に関する証拠を部下に回収させたそうだ。

そして、堂林に従う必要のなくなった久留見は、あいつを突き放した。

堂林は、連行されたときは余裕を見せていた。この男がなにをしたか分からないが、最終的に堂林は罪を認め裁かれる立場となったわけだ。もはや、逃亡を図った勝寄組の組長が捕まるのも時間の問題だろう。

久留見という男は一見優しそうな面をしているが、稀代《きだい》の悪党だ。

「今日あなたに聞いたことは誰にも言う気はありません。それが朔のためだと思っています」

部屋を出る寸前、俺は彼の目を見てそう言い放った。

「そうか。君がしたのはいろんな意味で賢い選択だ」

久留見は何度か首を縦に振りながら微笑んだ。

「ただ、あなたが俺の周りの誰かを傷つけたり、おかしな行動をすればそのときは俺も容赦しませんよ。あなたのことを完膚なきまでに地獄に突き落とします」

この男にはここでしっかりと釘を刺しておかなければ、と思った。

俺は決してこの男に同調したわけでも、犬になったわけでもないのだから。

「この私に啖呵《たんか》を切るとは君は度胸があるな。君の瞳の内には、深くて底の見えないような恐ろしさを感じるが、ご家族にはくれぐれも優しくあってほしいものだね」

「ええ。そのつもりです。俺は優しい人間ですから。朔と星来にはね」

「そうか。君の言葉、しっかり肝に銘じておくよ」

久留見はフッと笑い、ひまわりの絵画を真っ直ぐに見つめた。

それから少ししたのち、俺は久留見の別荘を出た。

チラッと腕時計に目をやる。

……予定外の長居になったな。

朔と星来の待つ自宅に向かう途中、俺の心は複雑だった。

それでも俺にとって朔と星来の笑顔を守ること。それがすべてだ。

だから俺は今日聞いたことを朔に告げるつもりはない。

知らなくていい真実もこの世の中には存在するのだ。

――俺はこの真実を墓場まで持っていくと心に誓いながら、家路を急いだ。

＊＊＊

「お母さん、すべて終わったね。時間がかかってごめんね」

母の墓石の前で手を合わせる。今日は母の命日だ。

ツーンと鼻をさすような線香の匂いにじわりと胸が痛む。いまだにこの匂いを嗅ぐと母の葬儀の日を思い出してしまうのだ。

「ばぁば、せらがきれいきれいにしてあげますからね～」

星来が杓子《しゃくし》でバケツから水をすくい、母の墓石に丁寧にかけだした。その星来の姿を恭一郎さんが隣で温かく見守っている。

堂林傑の逮捕。それで母の事件は幕を閉じた。

先生はずっと黙秘を貫いていたが、その後、一転して自分の罪を認める供述を始めたそうだ。彼の突然の心境の変化、そして、連行されるときに自信ありげに笑っていた意味も私には分からない。

それでもあの日堂林傑の口から聞いたこと。先生が母を殺した。そして逮捕され、罪を認めた。それがすべてだ。

「ばぁば、ケーキかってきたの。いっしょにたべようね」

星来がケーキの入った箱を開けて中に入っていたフォークでケーキを一口すくい、母の墓石に向かって差し出す。

鼻をかすめるのは苺の甘酸っぱい香り。

母のために選んだのは、もちろん母が大好きだった苺のミルフィーユだ。

実は母がこの世を去ってから、辛い思いが蘇ってくるのが怖くて苺のミルフィーユを口にすることを避けてきた。

「ばぁば、おいしいですか？」

星来がニコリと笑いながらそう問いかける。

「ばぁば、星来にケーキを食べさせてもらって、きっと喜んでいるに違いないな」

恭一郎さんが星来の頭を優しく撫でて微笑んだ。

「ママも、ひとくち、どうぞ。あーんして」

今度は星来が私の方を振り向いた。

「ありがとう。いただきます」

胸を震わせながら一口頬張《ほおば》れば、苺の香りが口の中に広がるとともに走馬灯のように母との思い出が流れてきて、じわりと涙が溢れた。

「ママ、どうしてないてるの？」

「この苺のミルフィーユがすごく美味しくて……」

六年ぶりに口にできた苺のミルフィーユはすごく甘くて、またほろ苦くて。

……そして、母の腕の中にいるような、温かく優しい味がした。

私の思いをすべて悟ってくれた恭一郎さんが、私の背中にそっと手を回しさすってくれている。

「お母さん、大好きだよ。私のことを産んでくれてありがとう。私、今、すごく幸せだから安心して。空からずっと私たちのことを見守っててね」

空を見上げながらそっと手を合わせ、そうつぶやいた。

頭上に広がる空は、私たち家族の新たな門出を祝ってくれるかのように、青く、青く澄んでいた。

エピローグ～永遠の誓い～

　澄み切った空にひらひらと舞いあがる赤や黄の葉っぱたち。おめかしした星来がそれを楽しげに追いかける様子を見て思わず笑みが零れた。

「星来、そろそろ時間だからこっちにおいで」

　私の隣に立つ、シルバーグレーのタキシードに身を包んだ恭一郎さんが柔らかな笑みを浮かべながら手招きすると、星来はニッコリと笑いこちらに向かって駆けてきた。

「ママ、かわいい～!!　おひめさまみたい！」

　この日のために悩みに悩んで決めたエンパイアラインのウエディングドレス。レースやシフォンがふんだんに使われていて、胸元のハートカットの部分には、繊細なビジューが鏤《ちりば》められている。

　胸元の下から直線的に広がるナチュラルなシルエットがとても気に入り、これにしたのだ。ドレスに合わせて髪型もふんわりとシニヨンスタイルにしてもらい、とても気に入っている。

「ありがとう。星来もとってもカッコいいよ」

星来が白い歯を出してニッと笑う。

今から郊外にある小さなチャペルで、私たちの結婚式が始まろうとしている。

少しばかり緊張気味の私と違い、星来はいつにも増して元気いっぱいだ。星来も私たちと同じように今日は正装をしており、子供用のスーツを着て前髪をワックスで無造作にセットしてもらった。スタイリストさんたちに「カッコいい」を連呼してもらったことで、とても上機嫌である。

「星来、パパとママの指輪を神父さんに届ける役目、よろしく頼むな」

恭一郎さんがしゃがみ込み、星来の胸元の蝶ネクタイを直しながらそう言う。

「はーい！　パパとママのゆびわだいじ！　せら、がんばる！」

星来は両手をグーにし、恭一郎さんに向けてそれを突き上げた。

心地よい日差しを浴びながらチャペルの扉の前に立ち、恭一郎さんと並んでそのときを待つ。私たちの少し前にはリングピローを大事そうに持ちながらこちらを振り向く星来がいて思わず頬が綻んだ。

「こんなに綺麗な花嫁を妻にできて、俺は世界一の幸せ者だな」

「……そう言われると照れます」

面と向かって愛する人にそう言われれば、頬が自然と熱くなる。

「俺と家族になってくれてありがとう。一生かけて朔と星来のことを幸せにするから、ずっと隣で笑っててほしい」

チャペルの扉が開き、アヴェ・マリアの音楽が静かに流れだす。

情熱的なまなざしに射貫かれながら私はコクンと頷き、彼の腕に自分の腕をそっと絡め、ロイヤルブルーのバージンロードを歩き始めた。


「朔さん、本当に綺麗」

那奈がそう言って、カメラを私に向ける。

無事に挙式を終え、今はチャペルの隣にある洋館で食事会が始まったところだ。

「そんなに何枚も撮らなくていいよ。恥ずかしい」

「一生の記念なんですから、たくさん撮らなきゃ！」

那奈は再びカメラを構えながらしゃがみ込み、今度は下アングルから撮影を始めた。

「ななちゃーん、せらとモモのしゃしんもとって〜！」

おめかしをした星来が、モモを抱っこしてカメラを覗き込む。

「いいよ。いっぱい撮ってあげる」

那奈がカメラを向けると、星来がいろんなポーズをし始めた。

「せらくん、カッコいい！」

「ふふっ」

「あ、今の笑顔いいな～。モモちゃんもかわいいよ～。もう一枚いくよ」

那奈がうまくおだてるから、星来は上機嫌だ。モモもそれが伝わっているようで、いつもよりも興奮状態に見える。

今日来てくれたのは恭一郎さんのお父様、ひだまりキッチンの塩見ご夫婦、以前私がお世話になった旅館のご夫婦。そして、那奈、愁と彼の子供の晃《こう》くん、風間さん、仁さんだ。

わざわざ時間を割いて駆けつけてくれたみんなには感謝の気持ちしかない。

周りをゆっくり見回すと、そこには笑顔が溢れていた。

恭一郎さんのお父様は、ひだまりキッチンのご夫婦、旅館のご夫婦と料理の話で盛り上がっている。その隣で仁さんと風間さんがシャンパングラス片手に近況を伝え合っていた。

「なんで君はこんなにかわいいんだ～」

そして私の横では、那奈がカメラを構えながら星来の撮影を続けている。

「こうくんもいっしょに、しゃしんとろう。こっちにきて～」

星来が、すぐ近くにいた晃くんに声をかけ、手招きする。

歳が近いためすぐに意気投合したふたりは、仲睦まじく頬を合わせてにこりと笑い、ポーズを取り始めた。

そんなふたりを愁がビデオカメラに収めてくれている。一児の父である愁は慣れた様子でビデオを構える。愁もすっかり大人になったな、としみじみ思う。

髪色もダークブラウンになっており、表情もあの頃より穏やかになった気がする。

みんなの様子を見ていると、隣から視線を感じてふいにそちらを向いた。

見れば、優しい笑みを浮かべる恭一郎さんと目が合う。

「そんなにじっとこっちを見てどうかしたんですか？　もしかして私の顔になんかついてます？」

「いいや。なにもついてないよ。ただ……」

「ただ？　なんですか？」

言葉の続きが気になり、じっと恭一郎さんの顔を見上げる。

「朔があまりに綺麗だから見惚れてただけだ」

恭一郎さんがふわりと笑い、おでこをぴたりとくっつけてきた。

「……ちょっと、あの……みんなの目もありますし」

「結婚式なんだから、誰もなにも言わないさ。今日の俺のタキシード姿はどう？」

「……とってもカッコいいです」

「惚れ直しただろ？」

いつも以上に甘くて強引な恭一郎さんに、私はたじたじになりながら胸の鼓動を加速させていく。

「那奈さーん、こっちの、のろけカップルの写真も一枚お願いできますか？」

そう叫んで手招きするのは愁だ。どうやら恥ずかしい会話を聞かれてしまっていたらしくて思わず顔を手で覆うと、その場に笑いが溢れた。

私の周りにはこんなにも温かい人たちがいて、優しい世界がある。

愛する夫と息子、そしてモモが私の隣で笑ってくれる。

私にはちゃんと帰るべき場所ができたのだ。

「朔、かわいい顔を見せてくれ」

再び愛おしい声が横から届き、意識がそちらに動く。

「今日の朔はいつも以上に綺麗で独占したくなるな」

「恭一郎さん……」

「朔と星来のことをずっと、ずっと愛してる」

瞳が交われば尊い言葉が降ってきて、恭一郎さんがギュッと私の手を握った。


極道の世界に生まれた彼は、たくさんの傷を負って生きてきた。

クールで冷たく見られる恭一郎さんだが、その心は誰よりも真っ直ぐで、温かくて優しい。お人よしだって思うくらいに人を愛し助け、仁義を貫く硬派な男なのだ。

そんな彼だから、憧れ尊敬し恋に落ちた。彼に出会えたことを誇りに思う。

私の心はずっと永遠に恭一郎さんとともにあると、ここに誓おう。

「せらもみーんなのことあいしてるよ～！」

星来の投げキッスに会場が再び笑顔に包まれた。

優しく天真爛漫で愛くるしい私たちの宝物。これからも星来の成長に驚かされ、そして感動させられ続けていくのだろう。

きっときっと、未来は明るい。

そう信じて彼方《かなた》にある色鮮やかな世界を目指し、これからも互いの手を取り合ってともに歩んでいく。

END

【番外編】虹の彼方へ続く未来

桜色の風が舞うその道で、星来の期待と興奮が入り交じった朗らかな歌声が響く。最近の星来は小学生が主役の歌を習ったばかりで、それがお気に入りだ。

黒いランドセルと黄色い帽子はまだ真新しく、小学校に向かうその姿はキラキラと光り輝いて見えた。

もうじき星来の小学校の入学式が迫っている。ここ最近は通学路を確認するためにモモの散歩も兼ねて、よく親子三人でこの道を通ることが続いている。道を覚えるだけでいいのに、星来は毎回黄色い帽子とランドセルを背負って家を出るのだ。小学校に入学するのをものすごく心待ちにしているのが伝わってきて、ほっこりする毎日だ。

「星来は小学校に入学したらなんの勉強を頑張りたいんだ？」

モモのリードを引きながら少し前を歩く星来に向かって、恭一郎さんが穏やかなまなざしを向ける。

「こくごと、りか！　ほん、よむのすきだし、どうぶつもすきだから！」

星来はこちらを振り返ると、白い八重歯を見せ満面の笑みでそう答えた。

相変わらず星来は動物好きだ。そして、恭一郎さんに似て本をよく読む。一度、本を読みだすと、集中しすぎて周りの声が聞こえないこともしばしば。そして、読み終わると、うれしそうに本の感想を語りだす。

やはり似たもの親子だな、と思い、知らず知らずのうちに隣にいる恭一郎さんに視線が伸びた。

「星来、本当に大きくなったな。もう小学生か」

恭一郎さんが感慨深げに星来を見つめる。

「ですね。少し前までは赤ちゃんみたいなあどけなさがあったのに、今ではなんでもひとりでできるようになったし、行動範囲もぐんと広くなりましたよね」

それがうれしくもあり、ちょっぴり寂しくもあるというのが本音かもしれない。

あっという間に成長して、もっと手がかからなくなるのだろう。でも、息子の成長を近くで見守ることができることは、なによりも幸せなことだとも思う。

「ママ、いま、あかちゃん、おきてる？」

星来との距離が縮まり並んで歩きだすと、星来がそう言って私のお腹に小さな手を置いた。自然と足が止まり、星来の頭に優しく触れる。

「起きてるみたい。星来のお歌に反応するように、ずっと元気に動き回ってたよ」

「ほんとう？　おーい、あかちゃん、はやくあいたいよ～。せらのこえ、きこえてるかな？」

星来がそっと私のお腹に耳をくっつけてきて様子を窺いながら、お腹の中の赤ちゃんに話しかけている。その様子が微笑ましくて自然と笑みが零れた。

実は今、第二子を妊娠中で六か月を迎えたところだ。星来を妊娠したときは、つわりとお腹の張りにだいぶ悩まされたが、今回はそういうこともなく快適なマタニティライフを送っている。すでに性別も判明していて、前回の健診のときに先生に女児であると伝えられた。

お腹もぐっと突き出てきていて誰が見ても妊婦だと分かるくらいになっているし、胎動も一段と感じるようになってきた。体調を見ながらだが、ぎりぎりまで仕事を続け出産に臨むつもりでいる。

「お、激しく動き回ってるな。星来に話しかけてもらえて、赤ちゃんもうれしかったのかもな」

「えへへ。うまれてきたら、せらがたーくさんだっこしてあげるからね」

いつの間にか恭一郎さんまで私のお腹に手を添えていて、目じりを下げながら星来と赤ちゃんの話で盛り上がっていた。

薫風が木々の間を吹き抜けて、新緑の香りを運んでくる。

気づけば、星来が小学校に入学してから一か月が過ぎようとしていた。小学校に入学してからの星来はますます活発になり、新しいお友達もできて充実した学校生活を送っているようだ。

「モモも、星来がいないとなんだか寂しそうだな」

お風呂を早々に済ませ、寝室のベッドの上に並んで座りながらゆったりと映画を鑑賞していると、彼が思い出したかのようにそう言った。

連休に突入し、星来は恭一郎さんのお父様のところに泊まりに行っている。行きは恭一郎さんが車で星来を送っていったが、帰りは、お義父様が東京の知人と会う約束をしているらしく、一緒に新幹線でこちらに戻ってくる予定だ。

「そうですね。でも、明日には星来が戻ってくるのでまた騒がしくなりますね」

「ああ、そうだな。朔とこんな風にゆっくりと過ごせるのは今日が最後か。きっとこの子が生まれたら我が家はもっともっと賑やかになるな」

恭一郎さんが私のお腹にそっと手を置きながらふわりと微笑む。

「はい。すごく待ち遠しいです」

「そういえば、この子のいい名前を思いついたんだ」

恭一郎さんがうれしそうに頬を緩ませる。

「なんて名前ですか？」

性別が女の子と分かってから、恭一郎さんとずっと赤ちゃんの名前を考え続けていた。何個か候補が出たものの、まだ決めかねている状態だった。

胸に期待と高揚を感じながら恭一郎さんの返答を待つ。

「星来の入学式の日、門出を祝うように空に綺麗な虹がかかっていただろう？　それを見て思いついたんだ。七色に輝く虹のように、天真爛漫で多様な価値観を持った子に育ってほしい。そんな思いを込めて虹が来ると書いて『虹来《にこ》』。どうかな？」

恭一郎さんが穏やかなまなざしを私に向けながら、そっと私の手に自身の手を重ねてきた。

「素敵な思いが込められた名前ですね。とってもいいと思います！　パパに素敵な名前をつけてもらえてよかったね」

今まで考えたどの名前よりも胸に響くものがあり、私の中でもしっくりときた気がする。自然と手を当てながらお腹の子にそう呼びかけた。

「朔」

穏やかな時間が流れていく中、ふいに名前を口にされ顔を上げると、目の前に影が落ちて唇を奪われた。

チュッと軽く唇を吸われたかと思えば、今度は唇をすり抜けて口内に彼の熱い舌が入ってきて久々の感覚に自然と身体が熱を帯びていく。

舌を絡ませ合いながら恭一郎さんから漂う爽やかな香りに安らぎを覚え、彼の背中に手を回しギュッと彼のガウンを握った。

「体調が大丈夫ならば、久しぶりに朔を抱きたい」

耳たぶを甘噛みしながら恭一郎さんがそう囁く。

妊娠してから、恭一郎さんとそういう行為をすることは少なかった。それは私とお腹の赤ちゃんを気遣ってのことだと分かってはいるけれど、正直、求められないことに不安を覚えたりしたのは事実。だからこんな風に求められて胸が高揚せずにはいられない。

「私も、同じ気持ちです。恭一郎さんの温もりで……私を包んでくれますか？」

「ああ、もちろん」

キスが再開する。

「……んんっ……ふっ……」

さきほどよりも深く激しいキスに思わず吐息が漏れてしまう。

「朔の甘い声を聞くのも久しぶりだな。ぞくぞくするよ」

恭一郎さんが満足げに笑いながら、丁寧に私のパジャマのボタンを外していく。そして最後のボタンが外され素肌が晒されると、身体を気遣うように背中に手を添えながら優しくベッドに私の身体を倒した。

「この体勢、辛くないか？」

「はい。辛くはないですが……」

「どうかしたのか？」

恭一郎さんが不安げに私を見つめてくる。

「……恥ずかしくて」

とっさに恭一郎さんから瞳を逸らして布団で身体を覆った。

久しぶりに恭一郎さんに身体を見られたという戸惑いもあるが、それよりも妊娠後期に入ろうとしている私の身体はお腹が突き出ていて、ボディーラインは女性らしい身体とはかけ離れている。そのことで恭一郎さんに幻滅されていないかとそんな不安が頭をよぎってしまったのだ。

「なにも恥ずかしがることはない。とっても綺麗だ。だから隠すな」

優しい声色が届いた。

胸の戸惑いは自然と影を潜めていき、再び宙で瞳が交わった。

「ガラスのように透き通った瞳も、かわいらしい唇も、いつも俺の背中をそっと押してくれる小さな手も、トツキトオカ、尊い命を育み守ってくれているこの大きなお腹も、俺にとって愛おしい存在以外のなにものでもないよ」

お腹に触れた恭一郎さんの唇。

じわじわと熱いものが込み上げてきて視界が滲み気持ちが昂った。

愛おしいものに触れるように、恭一郎さんが再び、チュッ、チュッとお腹にキスを落としてから私の横に身体を倒し、優しいまなざしを向けてきた。

「朔、愛してる」

重厚で尊い響きに心が満たされていくのを感じながら、彼の頬に手を伸ばす。

すると、どちらともなく唇が重なり、気づけば逞《たくま》しく温かい腕の中に包まれていた。

＊　＊　＊

「せらね、じぃじといっしょに、つりにいったよ！　こーんなに、おおきいさかながつれたの！」

後部座席に座る星来が、両手をめいっぱい広げて目を輝かせる。

「それはすごい。ママも見たかったな」

「こんど、じぃじのところに、いっしょにいったときに、みせてあげるね」

「うん。楽しみにしてる」

車内はとても和やかな雰囲気だ。ＢＧＭは星来が今、ハマっている戦隊もののオープニングとエンディングの曲で、星来のテンションはとても高く、思い出話の傍らで歌を口ずさんではしゃいでいる。

今は駅まで恭一郎さんと一緒に星来を迎えに行ってきた帰りだ。お義父さんとも久しぶりにお話しをすることができ、私の心も星来と同じように高揚している。

行く前よりもこんがりと焼けた星来の肌を見て、夢中で海や山で遊んだに違いないと想像ができた。普段、あまり自然に触れ合うことのできない環境にいる星来にとって、今回のお泊まりはとても刺激的でいい経験になったと思うが、お義父様は星来に振り回されて大丈夫だったのだろうか、と少し心配になってしまった。

「パパ～、せら、おなかぺこぺこだよ」

「もうじき着くからあと少しの辛抱だ」

「ラーメン、せら、おおもりたべる！」

助手席から後方を覗けば、星来がニッと白い歯を光らせるのが見えた。

今から星来が大好きなラーメン屋さんに行き、それからその周りの複合施設で星来を遊ばせてから、最後にベビー用品のショップを回って赤ちゃんの服選びをする予定でいる。

昨日までの静けさが嘘みたいだなと思いながら、そっとお腹に手を伸ばす。

きっとこの子が生まれたら、我が家はもっと賑やかになるのだろうな、とまだ見ぬ未来に心を弾ませながら再び星来に目を向けた。

「星来、はぐれるといけないから手を繋ごう」

連休ということもあり、複合施設周辺は家族連れやカップルでいっぱいだ。ラーメン屋に向かう中、はぐれないように星来の手を取ろうとしたそのときだった。

「せら、だいじょうぶだもん！」

星来が首を横に振ってそれを拒否する素振りを見せたことに戸惑い、とっさに手を引っ込めた。

星来だっていつまでも赤ちゃん扱いをされたら嫌だよね、と無理やり自分を納得させてはみるが、早くも親離れが始まったことに寂しさを感じずにはいられない。

「ママはね、ここ。せらとパパのまんなかだよ」

「星来？」

もやもやとしていると、星来が私の手と恭一郎さんの手を取って繋がせるように重ねた。そして、星来が私のもうひとつの手を取って歩きだす。

「これからはね、せらがまんなかじゃなくて、ママとあかちゃんがまんなかなの。せらとパパは、ママとあかちゃんをまもるナイトなんだから」

思わず恭一郎さんと目を見合わせる。恭一郎さんの笑みに釣られるように私も口元を綻ばせた。

「星来、ありがとう。ママも赤ちゃんも頼りにしてるからね」

小さな星来の背中が、いつもよりも大きく逞しく感じられて胸が熱くなる。

「えへへ。まかせて！」

繋ぐ手にギュッと力を込めると、星来がどや顔をしながら微笑んだ。

END

あとがき

初めまして。結城《ゆうき》ひなたと申します。

この度は『(元) 極道のエリートドクターは、身を引いたママと息子を一途愛で攻め落とす』をお手に取っていただき、誠にありがとうございます。とにかくヒロインと息子が大好きな一途で男気のあるヒーローでしたが、最後まで楽しんでいただけましたでしょうか?

実は、今作が私にとって初の紙書籍の刊行となります。三年前にデビューして以来、いつか紙の本を出したいと夢見ておりましたので、お声がけくださったマーマレード文庫様、親身に寄り添ってくださった担当者様には心から感謝しております。本当にありがとうございました!

さて、今作は極道ものということで未知の世界への挑戦でもあり、プロットの段階からだいぶ迷走しました。とにかく毎日、戸惑いと試行錯誤の日々でした。なので、最後まで書ききったときの達成感は、過去一だったように思います。

私は昔からどんでん返しやサスペンス要素がある作品が好きで、自身が今まで書いてきたものも溺愛とサスペンスを融合させた作品が多いのですが、それがマーマレード文庫様のレーベルカラーに合うのかという不安がありました。そんなときに担当者様に「これは結城さんの作品なので、結城さんが思うよう好きに書いてください」と温かく背中を押していただき、最後の最後まで楽しく、また自分の中で納得がいく物語を書くことができました。

そして、今作のカバーイラストを担当してくださった御子柴《みこしば》トミィ先生。御子柴先生の描く恭一郎を見た瞬間、恋はするものではなく、落ちるものなのだということを知りました。恭一郎のセクシーかつ男らしい表情や朔と星来を力強く包み込む逞しい腕、繊細な入れ墨、服のはだけ具合も……すべてが最高のご褒美でしかないです！朔と星来も本当にかわいらしく描いてくださり、ありがとうございました。

またこの作品に携わってくださったすべての方々、いつも応援してくれる家族、友人たち、SNSを通じて励ましてくれる仲よしさんたちにも心からお礼申し上げます。

最後になりますが、この作品を読んでくださった皆様に最大級の感謝を♡

皆様の過ごす毎日が笑顔に満ちていますよう祈っております。

それではまたいつかどこかでお会いできることを願って。

結城ひなた

マーマレード文庫

（元）極道のエリートドクターは、身を引いたママと息子を一途愛で攻め落とす

2023年12月15日　第1刷発行　定価はカバーに表示してあります

著者　結城ひなた　
発行人　鈴木幸辰
発行所　株式会社ハーパーコリンズ・ジャパン
東京都千代田区大手町1-5-1
電話　03-6269-2883（営業）
0570-008091（読者サービス係）
印刷・製本　中央精版印刷株式会社

ISBN-978-4-596-53148-3

m a r m a l a d e b u n k o

本作は2022年に魔法のｉらんどで公開された『（元）極道ドクターは愛しの彼女と息子を甘く一途に愛し抜く』に、大幅に加筆・修正を加え改題したものです。